讀古文　想問題

吳宏一著

新版前記

我從小喜歡閱讀，也喜歡寫作。閱讀以中國古典文學爲主，寫作則多爲抒情小品。後來年事漸長，因爲工作的關係，常寫一些學術論文和研究專著，同時爲了教導學生，也開始注意到學術普及化的重要性，必須把古典和現代結合在一起，才能對初學者有實際的幫助。所以半生以來，我除了學術論著和文藝創作以外，還編著過不少有關中國語文的普及讀物。《讀古文想問題》一書，就是其中之一。

讀古文，是求學必經的一個歷程。因爲它的古雅，常蘊藏著前人的智慧，所以不能不學；又因爲它的艱深，常使初學者望而卻步，所以需要有人導讀。導讀的起步，就在於先讓讀者了解原文，包括字句的意義和思想的內容等等。想問題，就是爲此設計的，希望能夠幫助讀者進一步認識到所讀文章的好處。

收在書中的這些作品，都曾在《國語日報》和《中央日報》發表過，也曾由中央日報社結集出版。

因爲這本書本來就爲初學者而編，所選古文也都是傳誦千古的名篇，所以至今讀之，覺得還未過時，也因此商請聯經出版公司重版印行，希望對初學者眞的有一定程度的幫助。

時爲二〇一〇年五月十五日。

自序

收在這本書裡的六十篇短文，先後發表在《國語日報》的少年版和《中央日報》的長河版，因爲是給一般讀者看的，所以所選的古文，篇幅都很簡短，內容都很生動，尤其是其中的一些寓言故事，對於我們的爲人處世、進德修業，都有一定的參考價值。因此，我希望讀者讀這本書，不但可以增進閱讀古文的能力，而且可以改善自己的生活。

爲了增進讀者閱讀古文的能力，所以我採用「直譯」的方式，以便讀者逐字逐句去核對原文的意義。這種譯法，自然比意譯困難，而且有時候也會顯得比較累贅。例如孟子「晉人有馮婦者」這句話，我們可以把它譯成「有個晉國人，名叫馮婦」，或「有個名叫馮婦的晉國人」等等，但我因爲要用直譯扣緊原文的句型，所以就把它譯爲「晉國人有個名叫馮婦的」；又如「莫之敢攖」這句話，我們可以把它譯成「沒有人敢去碰觸牠」，我卻直譯爲「沒有人對牠敢去觸犯的」。像這些，都是爲了方便讀者的閱讀原文，同時也希望保存原文的風貌。關於這點，希望讀者能夠接受。

每篇文章的後面，我都提供了一些問題，讓讀者自己去找答案。有的問題，是深究文章的內容；有的問題，是討論原文的修辭；也有的問題，是反省我們的現實人生。問題不只一種方式，答案有時候也不只一種。我希望讀者多用腦筋想，而不是要求誰提供你標準答案。

謝謝余玉英女士和梅新先生，因爲他們的敦促和鼓勵，我才會發表這一類文字；同時也謝謝姚宜瑛女士和賴明佶先生，因爲他們的好意，我才會考慮出這一本書。本書所收的，都是出於先秦的名著佳作，算是本書的第一輯，也可以說是本書的先秦篇。希望讀者會喜歡，也希望自己有空閒有毅力完成其他的部分。

目次

論語 簡介

《論語》是記錄孔子和他弟子言行的一本書，由孔子的再傳弟子編輯而成。孔子名丘，字仲尼，春秋時代魯國人。生於西元前五五一年，卒於西元前四七九年。他是我國古代一位偉大的教育家，曾對古代典籍做了系統的整理，標榜有教無類的精神，提倡克己愛人的仁道，是儒家學派的創始人。

《論語》這個名稱，最早見於《禮記》的〈坊記〉。它在古代，越到後來，地位越高。宋代的朱熹，把它和《孟子》、《大學》、《中庸》（後面兩種原來只是《禮記》中的兩篇），合為「四書」，並作集注，成為後世讀書人必讀的經典，也是古代科舉考試的官定讀本。

《論語》共二十篇，是語錄體，文字簡易，說詞周融。它是儒家的經典著作，也是對中國傳統文化影響最大的一本古籍。

求學之道

《論語》的〈學而篇〉，一開頭就有這樣的話：

子曰：「學而時習之，不亦說乎？有朋自遠方來，不亦樂乎？人不知而不慍，不亦君子乎？」

這段話可以直譯如下：

先生說：「求得的學識，能夠時常溫習它，不也是愉快的嗎？有同學從遠方來一道學習，不也是快樂的嗎？人家不了解我，我卻不生氣，不也是君子嗎？」

這段話分三個層次，來說明求學的方法和態度。「學而時習之」，是第一層次，說明學問要適時、按時、時時去追求。孔子說的「學」，不只是指追求書本上的學問，而且也指實踐做人的道理，所以這裡所說的「習」，有溫習、也有實踐的意思。一個人對於他所求得的學識，能夠時加溫習，就往往能夠溫故而知新，體會出新的道理來。〈爲政篇〉說的：「溫故而知新，可以爲師矣。」也就是這個意思。

「有朋自遠方來」，是第二層次，說明一個人「學而時習之」，溫故而知新，那麼，自然可以爲人師表，自然有人不遠千里而來，向他請教。「有朋」古本有的作「友朋」，指志同道合的朋友。古人說：「同門曰朋，同志曰友」，可見這裡說的「朋」，等於我們今天所說的「同學」。自己求學有成，有人不遠千里來請益，這當然是値得欣喜的事情。

「人不知而不慍」，是第三層次，說明好學的人應有的求學態度和涵養。一個人學習有成，爲人師表，固然値得高興，但是，萬一不爲別人所知，沒有人來請教，執弟子之禮，也不必懊惱。〈學而篇〉末章說：「不患人之不己知，患不知人也」，〈憲問篇〉說：「不患人之不己知，患其不能也」，〈衛靈公篇〉也說：「君子病無能焉，不病人之不己知也」，都是說明道德高尙的君子，只擔心自己的才識不足，不擔心別人不了解自己。一個人有了充實的學識，雖然不被了解，卻也不怨怒，這自然是品德高尙的君子了。

〈學而篇〉的這段話，從三個層次來講解，你覺得有沒有道理？有沒有可以補充的地方？
另外，這三個層次，如果不用疑問句，而改用肯定句，你覺得怎麼改才好？

澹臺滅明

《論語》的〈雍也篇〉，有這樣一段文字：

子游爲武城宰。子曰：「女得人焉爾乎？」曰：「有澹臺滅明者，行不由徑；非公事，未嘗至於偃之室也。」

這一段文字可以直譯如下：

子游做武城這地方的總管。孔子說：「你在這裡發現人才了嗎？」

家裡。」

（子游）說：「有一個叫澹臺滅明的人，走路不抄小徑；只要不是公事，就從來不到偃的

子游是孔子的弟子，姓言，名偃。他和孔子的這段對話，非常值得我們深思。子游做總管，孔子不問有關事務方面的情形，卻問他有沒有發現人才，這是值得我們深思的第一個問題。其次，我們知道澹臺滅明也是孔子的弟子，可是，從本段文字的語氣看來，當時他應該尚未受教於孔子門下。子游以爲澹臺滅明是個人才，而其認定的理由是：因爲滅明這個人走路不抄小徑，不是公事就不到長官的家裡。簡單來說，是因爲滅明的行爲端正，而不是由於他的辦事能力。這是值得我們深思的第二個問題。

把「行不由徑」譯爲「走路不抄小徑」，現代有些人對這道理是會有疑問的。現代人爲了節省時間精力，不是處處教人「抄小徑」嗎？說不爲公事就不到長官家裡，對於喜歡做「關係」的現代人而言，恐怕也不肯接受。問題出在哪裡呢？是不是語言的表達，有一定的限制？還是古今的觀念，隨時空的差異而有了改變？這些問題，請你想一想。

子路問津

《論語》的〈微子篇〉，有這樣一段文字：

長沮、桀溺耦而耕，孔子過之，使子路問津焉。長沮曰：「夫執輿者爲誰？」子路曰：「爲孔丘。」曰：「是魯孔丘與？」曰：「是也。」曰：「是知津矣。」問於桀溺。桀溺曰：「子爲誰？」曰：「爲仲由。」曰：「是魯孔丘之徒與？」對曰：「然。」曰：「滔滔者天下皆是也，而誰以易之？且而與其從辟人之士也，豈若從辟世之士哉！」耰而不輟。

子路行以告。夫子憮然曰：「鳥獸不可與同群，吾非斯人之徒與，而誰與？天下有道，丘不與易也。」

這一段文字可以直譯如下：

長沮、桀溺一同拿著農具在耕田，孔子經過那裡，叫子路去問渡口的所在。長沮說：「那駕著車子的人是誰？」子路說：「是孔丘。」問：「是魯國的孔丘嗎？」答：「是呀。」長沮說：「他是知道渡口的啦。」子路又向桀溺問。桀溺說：「你是誰？」答：「是仲由。」問：「是魯國孔丘的學生嗎？」回答說：「是。」桀溺說：「滔滔滾滾的情形，天下到處都是呀，誰來改革它呢？而且你與其跟從逃避壞人的人，還不如跟從逃避塵世的人呢！」繼續播種填土，不停下工作。子路走回來把這些話告訴孔子。孔子悵惘地說：「鳥獸是不能跟牠們在一起的，我不跟這些世人在一起，還跟誰在一起呢？天下要是上軌道，我孔丘就不必跟誰去改革了。」

在不清平的時代裡，有人退隱逃避，不肯出仕，像長沮、桀溺；有人仍然栖栖皇皇，積極用世，像孔子。哪一種人你覺得比較值得敬愛？爲什麼？另外，原文中「而」「與」分別出現幾次，它們的用法是不是完全一樣？請你找出來，加以說明。

墨子 簡介

墨子姓墨名翟，魯國人，一說是宋國人。據後人考證，他做過宋國大夫，大約活動於戰國初年，在孔子之後、孟子之前。他是當時重要的思想家，也是墨家學派的創始人。

《墨子》一書，今存五十三篇。他的中心思想，可以說是「兼愛」和「非攻」。他反對儒家的厚葬久喪等繁文縟節，重視功利和實踐，抱著積極救世的精神，在政治上反對世族政權，主張「尚賢事能」，打破階級身分的限制。

墨子善於製造器械，傳說他曾製造木鳶，能飛翔天空。他的弟子也都刻苦力行，嚴守紀律。他們重實踐，不重文采，組成帶有宗教色彩的政治團體，以「求興天下之利，除天下之害」。

《墨子》一書，文字樸實，條理謹嚴，很接近口語；比喻生動，邏輯性強，很有說服力。在先秦諸子散文中，具有獨特的風格。

楚王好細腰

《墨子》的〈兼愛篇〉，有上、中、下三篇，中篇有這麼一段話：

昔者，楚靈王好士細要，故靈王之臣，皆以一飯爲節，脇息然後帶，扶牆然後起，比期年，朝有黧黑之色。是其故何也？君說之，故臣能之也。

這段話可以直譯如下：

從前，楚靈王喜歡男士有纖細的腰肢，所以靈王的臣子，每天都以吃一頓飯為限，從脇下吸口氣然後繫上衣帶，扶住牆壁然後才能站起來，等到滿一周年，朝臣都有黯黑的臉色。這種情形，它的原因是為什麼呢？君王喜歡這樣，所以臣子也就盡力這樣做了。

前人說：「楚王好細腰，宮中多餓死。」又說：「上有所好，下必有甚焉者。」意思都是說明身居上位的人，他的言行好尙，對臣下和一般人會有莫大的影響。靈王因爲喜歡腰細的人，臣子就紛紛節食，迎合他的愛好。這篇文章看似有趣，事實上卻値得我們警惕，尤其是身居上位的人，不是更應該注意自己的言行好尙嗎？

墨子貴義

《墨子》的〈貴義篇〉，有這麼一段文字：

子墨子自魯即齊，過故人。謂子墨子曰：「今天下莫爲義，子猶自苦而爲義，子不若已。」

子墨子曰：「今有人於此，有子十人，一人耕而九人處，則耕者不可以不益急矣。何故？則食者眾而耕者寡也。今天下莫爲義，則子如勸我者也，何故止我？」

這段文字可以直譯如下：

先生墨子從魯國到了齊國，去拜訪老朋友。老朋友告訴先生墨子說：「現在天下沒有人推行正義，您卻偏偏自尋煩惱去推行正義，您不如算了吧！」

先生墨子說：「現在假使有一個人在這裡，他有兒子十個人，一個兒子耕種，九個兒子閒居，那麼耕種的那個兒子就不能不更加努力了。什麼原因呢？因為吃用的人多，而耕種的人少啊。現在天下沒有人推行正義，您就應該像勸勉我的人哪，什麼原因反而攔阻我呢？」

我覺得墨子的話說得眞對。當眾人皆醉、舉世俱濁的時候，遁世隱居的人潔身自愛，明哲保身，固然值得敬愛；但是能夠始終用世，擔荷人類的苦難，這種人應該更值得欽佩。另外，文中「今有人於此，有子十人」等句，我不譯爲「現在假使這裡有一個人，他有十個兒子」，而直譯成「現在假使有一個人在這裡，他有兒子十個人」，主要是想扣緊原文，幫助讀者了解原文每一字句的意義。這種用心希望讀者能夠體會，這種譯法也希望讀者能夠接受。

何謂忠臣

《墨子》的〈魯問篇〉，有這樣一段話：

魯陽文君謂子墨子曰：「有語我以忠臣者，令之俯則俯，令之仰則仰，處則靜，呼則應，可謂忠臣乎？」子墨子曰：「令人俯則俯，令之仰則仰，是似景也；處則靜，呼則應，是似響也。君將何得於景與響哉？」

這一段話可以直譯如下：

魯陽文君對先生墨子說：「有人告訴我關於忠臣的意義，叫他低頭就低頭，叫他抬頭就抬頭，平時就靜默，呼喚就答應，這種人可以說是忠臣吧？」

先生墨子說：「叫他低頭就低頭，叫他抬頭就抬頭，這是像影子呀；平時就靜默，呼喚就答應，這是像回聲呀。您從影子和回聲那裡能得到什麼呢？」

魯陽文君，是楚平王的孫子。當時他是楚國掌權的大臣。魯陽是地名，古人常常以封地來冠稱姓名。魯陽文君請教墨子，說對上司唯命是從的臣子，是不是忠臣。「處則靜」一句，和「呼則應」相對成文，也可以解釋爲：安置他也不講話；有任人擺布的意思。

墨子的回答，是把這種對上司唯命是從的臣子，比做影子和回聲，換句話說，就是奴才。因爲這種人不分是非，只求迎合上級的意思，對國家是沒有什麼貢獻的。至於什麼樣的人，才算是忠臣呢？墨子這段文字底下還有一段話，說所謂忠臣，應該在君王有過錯時，暗中規勸；自己有好意見時，就提供君王參考；糾正各種錯誤，卻不結黨營私；安樂獻給君王，憂慮歸於自己。墨子以爲這樣盡己心力的人，才可以說是忠臣。你覺得墨子所說的話，有沒有道理？有沒有可以補充的意見？

管子 簡介

《管子》一書，相傳爲管仲所著。

管仲，字夷吾，春秋初年齊國潁上人。生年不詳，卒於西元前六四四年。少時貧困，與鮑叔牙爲友，交情極篤，此即後世所說的「管鮑之交」。

他輔佐齊桓公劃分鄉軌，廢除公田，確定兵制，改革稅政，尊周室，攘夷狄，九合諸侯，一匡天下，使桓公成爲春秋五霸之首，他自己也就成了極受後世推崇的大政治家。

在學術上，管仲開啓了後來申不害、商鞅、韓非等人刑名法術思想的先河。不過，現在流傳的《管子》，恐怕已非《管子》原貌。其中一部分當爲春秋末年齊國的檔案與傳說，另一部分則爲後人增益，一種沒有系統的類書總集。古代稱「子」，多指某一學派，因此《管子》一書，恐怕只能視爲與管仲思想有關的若干論文的纂集而已。

終身之計

《管子》的〈權修篇〉，有這樣的話：

一年之計，莫如樹穀；十年之計，莫如樹木；終身之計，莫如樹人。一樹一穫者，穀也；一樹十穫者，木也；一樹百穫者，人也。

這段話可以直譯如下：

作一年的打算，不如種植五穀；作十年的打算，不如營造樹木；作一生的打算，不如培養人才。

一次種植，就得到一倍收穫的，是五穀呀；一次營造，就得到十倍收穫的，是樹木呀；一次培養，就得到百倍收穫的，是人才呀。

這段文字，對仗工整，頗富形式整齊之美。文中的「十」「百」，是形容倍數之多，並不是說恰好是十倍或百倍。讀古文的人，都應該知道古人所用的數目字，像三、六、九、十、百、千等等，往往都是多數的虛擬，並非實指。

管子的這段話，用播穀和植樹來比喻培養人才的重要。假使不好好種穀造林，家就容易窮；假使不好好培養人才，國就容易敗。你覺得這些話有道理嗎？你能不能從古文中舉出相似的例子？

試改古文

《管子》的〈參患篇〉，有這樣的話：

器濫惡不利者，以其士予人也；士不可用者，以其將予人也；將不知兵者，以其主予人也；主不務于兵者，以其國予人也。

這一段話可以直譯如下：

武器粗製濫造不鋒利的，就等於把他們的士兵交給敵人了；士兵不肯聽從調遣的，就等於把他們的將領交給敵人了；將領不知道用兵之道的，就等於把他們的君主交給敵人了；君主不盡力於軍事的，就等於把他們的國家交給敵人了。

這一段話，說明了軍事的重要性。武器、士兵、將領、君主四者，必須充分配合，才能獲得成功。假使忽略了哪一方面，想打勝仗都不容易。管子的這段話，在今天來說，仍然很有參考價值。讀這段稍有對仗的文字，我尤其感到興趣的，是能不能把原文改成下列的樣子：

器不就利者，以其士予人也；士不用命者，以其將予人也；將不知兵者，以其主予人也；主不務戰者，以其國予人也。

這樣改，句法是否比原來整齊？意思是否沒有改變？你也願意試一試嗎？

晏子春秋

簡介

《晏子春秋》一稱《晏子》，記敘有關晏子的言行，舊題晏嬰所作。晏嬰是春秋時代齊國的名臣。這本書記載他的言行，有些事跡不可盡信，同時此書內容，頗有一些地方和《左傳》、《孟子》、《韓非子》、《呂氏春秋》、《說苑》、《韓詩外傳》等書重複，著成年代不一定在戰國以前。

這本書雖然名為春秋，事實上它不是史書，仍然應歸子部。

弦章諫飲

《晏子春秋》的〈內篇諫上〉，有這麼一段記載：

景公飲酒，七日七夜不止。弦章諫曰：「君已飲酒七日七夜，章願君廢酒也。不然，章賜死。」

晏子入見，公曰：「章諫吾曰：願君之廢酒也，不然，章賜死。如是而聽之，則臣爲制也；不聽，又愛其死。」

晏子曰：「幸矣！章遇君也。今章遇桀、紂者，章死久矣！」於是景公遂廢酒。

這一段文字可以直譯如下：

景公喝酒，喝了七天七夜還不歇息。弦章勸道：「君王已經喝酒七天七夜了，章希望君王不再喝酒。要不這樣，章願被賜死。」

晏子入朝拜見，景公說：「章勸我說：希望君王不再喝酒，要不這樣，章願被賜死。像這樣子，假使聽從了他，就是被臣下脅制了；要是不聽，又捨不得他死。」

晏子說：「真幸運啊！章遇到賢君了。假使章遇到夏桀商紂那樣的暴君，章早就死了很久了。」因此，景公終於不再喝酒。

晏子的機智，救了弦章一命，也化解了齊景公的困境。可見說話技巧的重要。在這段話中，「章賜死」、「則臣爲制也」這兩句話，都是被動句；「又愛其死」的「愛」，也不可逕作「喜愛」解。這種用法，你在其他的古文篇章中，見過類似的例子嗎？

狗猛酒酸

《晏子春秋》的〈內篇問上〉，有這麼一段話：

宋人有酤酒者，爲器甚潔清，置表甚長，而酒酸不售。問之里人其故。里人曰：「公之狗猛。人挈器而入，且酤公酒，狗迎而噬之，此酒之所以酸而不售也。」

這一段話可以直譯如下：

宋國有個賣酒的人，調理的酒器非常整潔乾淨，懸掛的招牌也很高大。但是，酒放到發酸了，還沒有賣出去。於是請問鄰里的人是什麼原因。

鄰里的人說：「您的狗太兇猛了。人家拿著酒器進去，準備買您的酒，狗卻迎上前來咬他，這就是酒所以發酸卻還賣不出去的原因哪。」

這一段話是晏子所說的一則寓言故事，藉此來諷諫齊景公，不要過於寵信左右親信和掌權大臣。晏子把君王的左右親信比做社鼠，把掌權大臣比做猛狗。託身於土地廟的老鼠，人們想用火熏或用水灌牠，都因爲怕損及土地廟而只好作罷；至於掌權大臣對於賢才俊士，也往往因爲嫉妒而加排斥，所以晏子這樣說：「左右爲社鼠，用事者爲猛狗，主安得無壅、國安得無患乎？」意思是說：「左右親信像社鼠，掌權大臣像猛狗，君王怎麼能夠不被蒙蔽，國家怎麼能夠沒有災患呢？」

晏子把權臣比做猛狗，你覺得有沒有道理？他把國家比做酒店，那麼，你以爲酒和酒器應該是指些什麼呢？

善惡豈可不分

《晏子春秋》的〈內篇問上〉，記載了一段故事：

景公問於晏子曰：「爲政何患？」晏子對曰：「患善惡之不分。」公曰：「何以察之？」對曰：「審擇左右。左右善，則百僚各得其所宜，而善惡分。」孔子聞之曰：「此言也，信矣！善進，則不善無入矣；不善進，則善無由入矣。」

這段話，可以直譯如下：

齊景公向晏子問道：「處理政事，有什麼要擔心的？」晏子答道：「要擔心好人壞人的不加分別。」

景公又問：「如何來注意他們？」晏子答道：「要小心挑選左右身邊的臣子。左右身邊的臣子好，那麼百官都能得到他們所應有的職位，然後好人壞人就有所分別了。」

孔子聽了這件事，說：「這些話呀，說得對極了！好人被引進，那麼不好的人就無從錄用了；不好的人被引進，那麼好人就無從錄用了。」

文章的重點是說，國君身邊的近臣，常常可以左右國君的想法，影響國家的政策，所以做國君的人，要「審擇左右」。

讀了這篇短文以後，你是不是覺得你也要小心選擇你身邊的朋友？假使將來你有了成就，有了權力，你是不是更要區別善惡，以免受到左右的蒙蔽？

一心事百君

《晏子春秋》的〈內篇問上〉，有這麼一段話：

梁丘據問晏子曰：「子事三君，君不同心，而子俱順焉，仁人固多心乎？」晏子對曰：「嬰聞之；順愛不懈，可以使百姓；強暴不忠，不可以使一人。一心可以事百君，三心不可以事一君。」仲尼聞之曰：「小子識之！晏子以一心事百君者也。」

這段話可以直譯如下：

梁丘據問晏子說：「您事奉過三位君王，每位君王各有不同的心思，但是您都能順應他們，難道仁人君子本來就有很多心思嗎？」

晏子答道：「我晏嬰聽過這樣的話：順愛不懈怠，可以差遣天下老百姓；強暴不忠實，不可以差遣任何一個人。專心一志，可以侍奉天下所有君王；三心兩意，不可以侍奉任何一位君王。」

孔子聽了這件事（對學生）說：「同學們記住這些話！晏子是專心一志事奉所有君王的臣子呀！」

梁丘據是齊景公的寵臣。他認爲晏子先後事奉齊靈公、莊公、景公三位君王，都能輔佐得法，這和別人說的一臣不事二君，是大不相同的。所以就此請教晏子，同時有藉此刁難的意思。晏子回答他只有一顆順愛不懈的心，堅定不移，不管對哪一位君王都一樣。

你讀了以後，是不是覺得晏子很有機智？你能不能直接說出晏子對「仁人固多心乎？」的答案。

孫子

簡介

孫子，名武，也稱孫武子，是春秋時代著名的軍事家。他原是齊國人，著有兵法十三篇，後來到了吳國，受到吳王闔閭的賞識，做了將軍。他的兵法流傳下來，就稱《孫子》，也稱《孫子兵法》。

不過，也有人以爲《孫子》這本書的作者，不是孫武，而是孫武的後代孫臏。孫臏是戰國時人，先在魏國被同學龐涓嫉妒陷害，刖斷雙腳，後來逃到齊國，做了軍師。

唐代杜牧認爲《孫子》一書，原有數十萬言，後來經過曹操的刪節，才剩下十三篇。假使此說可靠，那麼現在流傳的《孫子》，恐非出於一人之手，而是一部彙記古人戰爭經驗的著作。它對於戰爭的原則、策略，提供了許多寶貴的見解，被後人尊爲「兵經」。

驕子不用

《孫子》的〈地形篇〉，有這麼一段文字：

視卒如嬰兒，故可與之赴深谿；視卒如愛子，故可與之俱死。厚而不能使，愛而不能令，亂而不能治，譬若驕子，不可用也。

這段文字可以直譯如下：

看待士兵像嬰兒，因此可以和他同赴深谷；看待士兵像愛子，因此可以和他共赴死難。假使厚待他卻不能差遣，愛護他卻不能命令，他犯了錯卻不能懲罰，那就好像驕縱的子女，是不可以差使的了。

《孫子》的這段話，講的原是用兵之法、作戰之道。他的意思是說，帶兵就像是管教子女，要關愛他，卻不能放縱。關愛他，他才能跟你同甘共苦，雖死而不辭；假使一味溺愛，有了過失，也不加以懲治，那麼一旦恩勢已成，你就無法差使他，更無法懲治他了。所以賞罰必須分明，恩威必須並濟，這樣才可以帶兵作戰。

這些話雖然原是對用兵來說的，但是，假使把它們應用到老師對待學生、上司對待下屬等方面，你覺得是不是也很有道理？假使是的話，請你進一步說出你的看法。

尸子

簡介

《尸子》相傳是尸佼所著。

尸佼，戰國時魯國人，一說晉國人。約生於西元前三九〇年，卒於西元前三三〇年。他是秦相商鞅的老師，曾經參與商鞅的變法。商鞅後來被殺時，他逃亡到蜀國去。

尸子是雜家。現存的《尸子》，是出於後人的輯佚。像清代的學者孫星衍、汪繼培等人，都有輯本。

學猶砥礪

《尸子》的〈勸學篇〉，有這樣一段文字：

夫學，譬之猶礪也。

昆吾之金，而誅父之錫，使干越之工，鑄之以爲劍，而弗加砥礪，則以刺不入，以擊不斷。磨之以礱礪，加之以黃砥，則其刺也無前，其擊也無下。自是觀之，礪之與弗礪，其相去遠矣。今之人皆知礪其劍，而弗知礪其身。夫學，身之礪砥也。

這段文字可以直譯如下：

學習，它就如同磨刀一樣。

昆吾山的銅，和誅父山的錫，叫吳越的工匠，來鑄造它成為劍器，假使不加以磨礪，那麼用來刺東西就刺不進去，用來砍東西就砍不斷；假使用粗磨石來磨鍊它，再用細磨石來磨光它，那麼它刺的時候就沒有東西在前面抵擋，它砍的時候就沒有東西在後面阻礙。

從這個例子來看，磨鍊它和不磨鍊，使它相差太遠了。現代的人都知道磨鍊自己的劍，卻不知道磨鍊自己的身心。

學習，就是身心的磨刀石啊。

這段話藉磨劍的道理，來說明學習對於人的重要。劍要成爲利劍，必須磨鍊；人要成爲人才，必須學習。古人說：「玉不琢，不成器；人不學，不知義。」你覺得這和尸子所說的話，有哪些可以互相發明的地方？

孟子 簡介

孟子名軻，字子輿，一說字子車，戰國時鄒(今山東省鄒縣東南)人，大約生於西元前三八五年前後，卒於西元前三〇四年前後。

他在少年時代曾受到良好的家庭教育，長大後，研究儒家學說，尊周孔，闢楊墨，主性善，重仁義，繼承了孔子的思想，是戰國中期儒家的代表人物。宋代以後，被尊爲「亞聖」，與孔子並稱。

《孟子》一書，共七篇，是孟子和他的學生萬章、公孫丑等人共同編訂的，書中記載了孟子的言論和事跡，是研究先秦學術思想的重要典籍。它被古人推崇爲儒家的經典之一，也是古代科舉考試的必讀教科書。

《孟子》文章的特色，是氣勢雄渾，感情充沛，辯鋒犀利，說理透徹，特別是他善於運用譬喻，或寓警策於幽默之中，或抒情於哲理之外，不但富有深刻的思想意義，而且文章又生動鮮明，最爲後人所稱道，在文學史上，占有重要的地位。

未聞弒君

《孟子》的〈梁惠王下篇〉，有這樣的一段對話：

齊宣王問曰：「湯放桀，武王伐紂，有諸？」孟子對曰：「于傳有之。」曰：「臣弒其君，可乎？」曰：「賊仁者謂之賊，賊義者謂之殘。殘賊之人，謂之一夫。聞誅一夫紂矣，未聞弒君也。」

這段對話，可以直譯如：

齊宣王問道：「商湯放逐了夏桀，周武王討伐了商紂，真有這些事嗎？」孟子答道：「在古史上是有這樣的記載。」

宣王說：「做臣下的弒殺了他的君上，這可以嗎？」孟子說：「敗壞仁道的人，可以稱他為賊；敗壞義行的人，可以稱他為殘。敗義傷仁的人，可以稱他為獨夫。我只聽說殺了獨夫紂罷了，沒有聽說過弒殺君主呀。」

夏桀、商紂都是傷仁害義的暴君，在孟子的心目中，他們已是獨夫，而非君王，所以商湯、周武王的起義，是替天行道，爲民伐罪，不能算是以下犯上，弒殺君王。孟子〈盡心篇〉又說：「民爲貴，社稷次之，君爲輕。」這些說法，和今天的民主觀念，你以爲是不是有可以相通之處？

欲速則不達

《孟子》的〈公孫丑上篇〉，有這樣一段文字：

宋人有憫其苗之不長而揠之者，芒芒然歸，謂其人曰：「今日病矣！予助苗長矣！」其子趨而往視之，苗則槁矣。天下之不助苗長者寡矣。以爲無益而舍之者，不耘苗者也，助之長者，揠苗者也。非徒無益，而又害之。

這段文字，可以直譯如下：

宋國有個人，擔心他田裡禾苗的不能成長，因而拔高它們。疲憊得精神恍惚地回家，告訴家人說：「今天累極了！我幫助禾苗長高了！」他兒子趕快跑去看田裡的禾苗，禾苗都已經枯萎了。

世界上不想幫助禾苗成長的人是很少的。以為沒有益處就放棄它的人，是不除草育苗的人哪；幫助它長高的人，是拔高禾苗的人哪。不但沒有益處，反而更傷害了它。

我們知道做事想要成功，必須努力，假使不得其法，光是努力，還是不能達成願望。像這個宋國人，他揠苗助長，累得筋疲力盡，我們不能不說他很努力，但是「欲速則不達」，他比起那些「不耕苗」的人，恐怕對禾苗的傷害還要更大呢！所以，想要吃禁藥增強體力的選手，想要靠惡補爭取成績的學生……，像這類忽略客觀事實的人，不是應該知道警惕嗎？

另外，先秦古籍中，常常把「宋人」比做自作聰明的人，除了本篇之外，你還能舉出其他的例子嗎？

得其所哉

《孟子》的〈萬章上篇〉，有這樣一段話：

昔者有饋生魚於鄭子產，子產使校人畜之池。校人烹之，反命曰：「始舍之，圉圉焉，少則洋洋焉，攸然而逝。」子產曰：「得其所哉！得其所哉！」校人出，曰：「孰謂子產智？予既烹而食之，曰得其所哉，得其所哉。」故君子可欺以其方，難罔以非其道。

這段話可以直譯如下：

從前有人送活魚給鄭國的子產，子產叫主管池沼的小吏畜養牠在池沼裡。主管池沼的小吏烹煮了牠，卻回報說：「剛開始放了牠，好像受到限制游不動，一會兒就慢慢搖擺尾巴了，然後突然就消失在深水中。」

子產說：「找到牠安適的場所了！找到牠安適的場所了！」

主管池沼的小吏出來後，說：「說子產聰明？我已經把魚烹煮了，而且吃了牠，他還說：找到牠安適的場所了，找到牠安適的場所了。」

所以對君子可以用那正道來欺騙，卻很難用不是那正道來蒙蔽。

結語的「其方」「其道」，指的是君子之道，也就是合情合理的方法。合情合理的謊言，因爲不容易看出破綻，所以正人君子很容易上當。由此看來，古人教我們對人要察其言而觀其行，不是很有道理嗎？

奕秋誨奕

《孟子》的〈告子上篇〉，有這樣一段文字：

今夫奕之爲數，小數也，不專心致志，則不得也。奕秋，通國之善奕者也。使奕秋誨二人奕，其一人專心致志，惟奕秋之爲聽；一人雖聽之，一心以爲有鴻鵠將至，思援弓繳而射之。雖與之俱學，弗若之矣。爲是其智弗若歟？曰：非然也。

這段文字可以直譯如下：

就今天來看，下棋之做為一種技藝，是小技藝呀，但不專心注意，就不能學得好。棋手名字叫秋的，是全國著名的善於下棋的人。假使叫棋手秋教導兩個人下棋，其中一人專心注意，只把棋手秋的話來聽；另外一人雖然也聽他說話，但滿心裡總以為有天鵝快要飛來了，想拉著弓箭去射牠，雖然和前一個人同時學習，一定不如他的了。說這是他的智力不如前一人嗎？我要說：不是這樣子的。

不管是學技藝，或求學識，都要專心一志，才能有所成就。本段文字說的，就是這個道理。文中的「爲」字，出現好幾次，請你找出來，分別說明它們的意義。

馮婦搏虎

《孟子》的〈盡心下篇〉，有這樣的一段文字：

晉人有馮婦者，善搏虎，卒爲善士。則之野，有衆逐虎。虎負嵎，莫之敢攖。望見馮婦，趨而迎之。馮婦攘臂下車。衆皆悅之，其爲士者笑之。

這一段文字，可以直譯如下：

晉國有個名叫馮婦的人，擅長搏打老虎，後來成為優良的士人。有一次到野外去，有很多人正在追捕老虎。老虎背靠著山角頑抗，沒有人對牠敢去觸犯的。遠遠看到馮婦，都快步去迎接他。馮婦挽起袖子，露出胳膊，走下車來。大家都很歡迎他，可是那些身為士人的知識分子卻在嘲笑他。

士是古代替上位者管理人民的階級，猶如今日的「知識分子」。老虎當前，馮婦不惜犧牲他士人的身分，重操舊業，搏虎救人，這種見義勇為的精神，是值得敬佩的，可是其他的士人卻嘲笑他。

這段文字的第三到第五句，有人這樣斷句：「卒為善，士則之。野有眾逐虎」，意思是說：馮婦後來成為善人，不打老虎了，士人都以他為榜樣。有一次郊野間有很多人在追捕老虎，老虎負嵎頑抗，眾人不敢觸犯，馮婦才挺身而出，發生了以下的經過情形。

這兩種讀法，你贊成哪一種？為什麼？

老子

簡介

老子，相傳姓李名耳，字伯陽，諡聃，楚國苦縣（即今河南鹿邑縣東）人。曾任周守藏室史，後見周衰，無心仕進，出關而去，不知所終。出關時，曾應關令尹之請，著書上下篇，共五千言。所著的書，便是今日流傳的《老子》，又名《道德經》。

老子的思想對後世的影響很大，韓非、司馬遷等人，都曾受到《老子》的洗禮，尤其是六朝的時候，有很多文人奉之爲經典，形成了所謂「玄學」。在中國思想史上，老子、莊子爲代表的道家，有很多時期，是可以和孔子、孟子爲代表的儒家分庭抗禮的。

《老子》一書，分上下兩篇，共八十一章，約五千字，基本上是韻文，恐怕不是原本的本來面目。其中有些不當的分段、重複的語句，以及無理插入的話語，大概有後人改動的地方。

士之聞道

《老子》共八十一章，其中第四十一章，有這樣一段話：

上士聞道，勤而行之；中士聞道，若存若亡；下士聞道，大笑之。不笑，不足以爲道。

這段話可以直譯如下：

上等的人聽到道理，積極地去實行它；中等的人聽到道理，好像相信，又好像不相信；下等的人聽到道理，大大地嘲笑它。不嘲笑，就不能說是道理了。

老子把士人分爲上、中、下三等，說明他們聽到道理時的不同反應。老子所分的等級，不但從智慧的高低來分，也從品德的高低來分。上等的士人，智慧高，品德好，所以聽到道理以後，能夠充分體會，切實施行，再也沒有疑問或遲疑。中等的士人，因爲才智品德，各有所偏，所以對於所聽到道理，難免將信將疑，也因而不能屏去私欲，洞燭眞理。至於下等的士人，往往囿於見聞，蔽於私欲，又喜歡自作聰明，因此聽到道理的時候，很少不加以嘲笑的。

老子所說的道理，言簡而意賅，你能夠舉出一些實際的事例來加以說明嗎？

我有三寶

《老子》第六十七章這樣說：

我有三寶，持而保之。一曰慈，二曰儉，三曰不敢爲天下先。慈，故能勇；儉，故能廣；不敢爲天下先，故能成器長。今舍慈且勇，舍儉且廣，舍後且先，死矣。夫慈，以戰則勝，以守則固。天將救之，以慈衛之。

這段話可以直譯如下：

我有三種寶物，保持著而且重視它們。第一種叫慈愛，第二種叫節儉，第三種叫不敢做天下第一人。

慈愛，所以才能勇敢；節儉，所以才能廣大；不敢做天下第一人，所以才能成為萬物之長。如果現在拋棄了慈愛，只想勇敢；拋棄了節儉，只想廣大；拋棄了退讓，只想領先，那麼就死定了。

那慈愛，用以戰爭就勝利，用以防守就堅固。上天準備救助一個人的時候，就以慈愛(出現在他身上)來保護他。

老子說的道理，往往正言若反。像這一章，他就把慈和勇、儉和廣等等相對立的觀念，放在一起討論。看起來，雖然玄而又玄，但是其中實在含有至道妙理。例如「慈故能勇」這一句，看似矛盾，但我們想想：父母慈愛，爲了保護兒女，不是可以爲他們犧牲一切嗎？我們再看看《孫子．地形篇》，不是也曾說過「視卒如愛子，故可與之俱死」的道理嗎？又如「儉故能廣」這一句，《韓非子．解老篇》就這樣解釋：「智士儉用其財則家富，聖人寶愛其神則精盛，人君重戰其卒則民眾，民眾則國廣。」以上的申論，你覺得有道理嗎？假使是的話，請你對其他各句，也都試作類似的闡釋。

莊子 簡介

莊子，名周，戰國時代蒙（今河南省商丘縣附近）人。和孟子同時或稍後。曾在漆園做過小吏，後來因爲厭惡政治生活，辭官不仕。他推崇老子的學說，是戰國中期的道家代表人物，和老子並稱「老莊」。

現存的《莊子》一書，又名《南華經》，包含「內篇」七篇、「外篇」十五篇、「雜篇」十一篇，共三十三篇。以往一般學者多認爲「內篇」爲莊周自作，「外篇」、「雜篇」則爲莊周後學所作，不過，近人也有懷疑這種說法的。

物相同而功用異

《莊子》的〈逍遙遊篇〉，有這麼一段文字：

宋人有善爲不龜手之藥者，世世以洴澼絖爲事。客聞之，請買其方百金。聚族而謀曰：「我世世爲洴澼絖，不過數金，今一朝而鬻技百金，請與之。」客得之，以說吳王。越有難，吳王使之將。冬與越人水戰，大敗越人。裂地而封之。能不龜手一也，或以封，或不免於洴澼絖，則所用之異也。

這段文字，可以直譯如下：

宋國有個人家，擅長配製不會使手凍裂的藥，世世代代都以漂洗絲絮為職業。有個外地人聽到這消息，願意出百斤銅幣買他的藥方。

這個宋國人集合家族來一起商議，說：「我們世世代代做漂洗絲絮的工作，收入不過幾斤銅幣而已，現在一旦賣了藥方，就可以得到百斤銅幣，我希望賣給他。」

客人得到藥方，用來遊說吳王。當越國有了侵犯意圖，吳王派他帶兵對抗。冬天和越軍在水上交戰，大敗越軍。吳王於是割地賜封他。

能夠不使手凍裂的藥，是一樣的呀！但是有的人靠它封侯，有的人還是不能免於漂洗絲絮，那就是他們所用的地方不一樣啊！

讀了這個故事，你一定可以體會到：物要盡其用，必須用得其所。不龜手之藥，可以用來漂洗絲絮，也可以用來作戰。運用之妙，完全存乎一心。你想它還可以用來做什麼呢？另外，「絖」有人解作「綿絮」，因爲先秦時代還沒有木棉，所以它應該指的是絲絮。你能查出來木棉是什麼時代傳進中國的嗎？

儵忽鑿竅

《莊子》的〈應帝王篇〉，有這樣一段文字：

南海之帝爲儵，北海之帝爲忽，中央之帝爲渾沌。儵與忽時相與遇渾沌之地，渾沌待之甚善。儵與忽謀報渾沌之德，曰：「人皆有七竅，以視聽食息，此獨無有，嘗試鑿之。」日鑿一竅，七日而渾沌死。

這一段文字可以直譯如下：

南海的帝王叫儵，北海的帝王叫忽，中央的帝王叫渾沌。儵和忽時常彼此會面在渾沌的國土上，渾沌對待他們非常友善。

儵和忽商量著如何報答渾沌的恩德，說：「人人都有眼耳口鼻七個孔竅，用來看、聽、吃和呼吸，這渾沌偏偏沒有，我們試著來鑿出它們。」

每天鑿出一個孔竅，七天以後，渾沌就死了。

「儵」、「忽」原義都是輕快的樣子，它們和「渾沌」同樣都是假託的古代帝王的名稱。儵、忽爲了報恩，爲渾沌鑿竅，反而以人工破壞了天然，這是值得我們警惕的。我們常聽說：己所不欲，勿施於人。實際上，己之所欲，也不可輕施於人的。不是嗎？

東施效顰

《莊子》的〈天運篇〉，有這樣一段文字：

西施病心而矉其里。其里之醜人見之而美之，歸亦捧心而矉其里。其里之富人見之，堅閉門而不出；貧人見之，挈妻子而去走。彼知矉美，而不知矉之所以美。

這段文字，可以直譯如下：

西施患了心痛的病，因而對她鄉里的人，皺著眉頭。她鄉里中的醜人看到她的樣子，以為那很好看，回家的時候也按住胸口，對那鄉里的人皺著眉頭。那鄉里的有錢人看到她，緊緊關上門戶，不肯出來；窮人看到她，拉著太太孩子避開逃走。那個醜人只知道皺著眉頭好看，卻不知道皺著眉頭的人為什麼會好看。

這段話告訴我們，不能盲目地去模仿別人。西施是大美人，當她顰眉蹙額的時候，更加顯得嫵媚動人，惹人憐愛。醜人不知其故，竟然刻意模仿，結果是醜上加醜，更討人嫌厭，這就叫做「東施效顰」。文中沒有直接描寫「東施效顰」時候的醜態，只用富人、窮人的反應，就側寫出來了。這是一種高明的表現技巧。

不過，「莊子」的這段文字，我總覺得有點兒拖沓，想把它改成下列的樣子：

西施病心而矉。其里之醜人見而美之，歸亦捧心而矉。富人視之，閉門而不出；貧人見之，挈妻子而走。彼知矉美，而不知矉之所以美。

你覺得這樣改，還有道理嗎？你要不要也試著改改看？

鴟嚇鵷鶵

《莊子》的〈秋水篇〉，有這樣一段文字：

惠子相梁，莊子往見之。

或謂惠子曰：「莊子來，欲代子相。」於是惠子恐，搜於國中，三日三夜。

莊子往見之，曰：「南方有鳥，其名爲鵷鶵，子知之乎？夫鵷鶵發於南海而飛於北海，非梧桐不止，非練實不食，非醴泉不飲。於是，鴟得腐鼠，鵷鶵過之，仰而視之曰：『嚇！』今子欲以子之梁國而『嚇』我邪？」

這段文字可以直譯如下：

惠子做了梁國的相國，莊子去看他。

有人對惠子說：「莊子此來，是要取代您的相位。」因此惠子害怕了，在國都裡搜查了三天三夜。

莊子去看他，說：「南方有一種鳥，牠的名字叫鵷鶵，您知道牠嗎？那鵷鶵從南海起飛，飛到北海去，只要不是梧桐樹就不棲息，不是竹實就不吃，不是甘泉就不喝。在這時候，鴟鳥抓到腐臭的老鼠，看到鵷鶵飛過上頭，就抬頭看著牠說：『嚇！』現在您也想用您的梁國來『嚇』我一聲嗎？」

莊子藉寓言把惠施比做凶猛的鴟鷹，而自比為鳳凰一類的鵷鶵；把梁國的相位比做腐鼠，而自比為「非梧桐不止，非練實不食，非醴泉不飲」的珍禽，比喻生動活潑，非常形象化，可以說是一段妙趣橫生的文字。

在這段文字中，作者分別用了兩次「莊子往見之」，兩次「於是」，兩次「嚇」，您能不能說出它們在文章裡，有什麼不同的意義或作用？

魯侯養鳥

《莊子》的〈至樂篇〉，有這麼一段記載：

昔者海鳥止於魯郊，魯侯御而觴之於廟，奏九韶以爲樂，具太牢以爲膳。鳥乃眩視憂悲，不敢食一臠，不敢飲一杯，三日而死。此以己養養鳥也，非以鳥養養鳥也。

這段記載可以直譯如下：

從前有隻海鳥棲息在魯國城郊，魯侯迎進太廟裡，而且供酒給牠喝，演奏舜樂九韶來供牠欣賞，具備牛羊豕來供牠食用。海鳥竟然眼神不定，內心悲傷，不敢吃一塊肉，不敢喝一杯酒，三天就死了。

這是用奉養自己的方法來養鳥，不是用養鳥的方法來養鳥啊。

魯侯把這隻海鳥當做神鳥，奉爲上賓，親自迎進太廟之中，供給酒宴，演奏古樂，準備三牲，完全是把自己所樂於享用的東西，拿來供奉海鳥。卻想不到愛之適足以害之，海鳥沒幾天就驚慌憂傷而死了。

魯侯對海鳥不是不敬重，只是自己太主觀了，因而忽略了海鳥的本性。《論語》說：「己所不欲，勿施於人。」自己所不喜歡的，固然不要加在別人身上；即使是自己所喜歡的，也不可以硬要加在別人身上吧？聰明的讀者，你說是嗎？

處陰休影

《莊子》的〈漁父篇〉，有這樣一段文字：

人有畏影惡跡而去之走者，舉足愈數而跡愈多，走愈疾而影不離身，自以爲尚遲，疾走不休，絕力而死。不知處陰以休影，處靜以息跡，愚亦甚矣！

這一段文字可以直譯如下：

有個人害怕影子、討厭腳印，就避開它們跑起來。抬腳的次數越頻繁，腳印就愈多；跑得越快，影子卻越不能離開身體。他自己以為還跑得慢，快跑不停，最後用盡力氣就死了。

不知道站在陰暗的地方，來停止影子；站在清靜的地方不動，來停止腳印，也太愚蠢了吧！

這是用誇張的手法，來說明人有時候會自尋煩惱。自尋煩惱的人，往往鑽牛角尖而不克自拔。在別人看來，可能是幼稚可笑的舉動，但自己卻一直想不開，不能從另一個方向來解決問題。《荀子》的〈解蔽篇〉也有類似的一段文字：有個人名叫涓蜀梁，愚蠢又多疑，在月光下走路，低頭看見自己的影子，就以爲那是爬在地上的鬼，抬頭看見自己的頭髮，就以爲那是站在頭上的妖怪，轉過身子就跑，等到回到家裡，就斷氣死了。《莊子》和《荀子》的這兩個故事，雖然都是古書上的寓言，但我們只要仔細想想，在現實人生中，我們不是也有一些庸人自擾的舉動嗎？

荀子 簡介

荀子名況，世稱荀卿，又稱孫卿，是戰國末期趙國人。生卒年不詳，學術活動年代大約在周赧王十七年（西元前二九八年）。他曾做過齊國的列大夫和祭酒，又做過楚國的蘭陵令，是當時傑出的儒學大師。韓非和李斯都是他的學生。

《荀子》現存三十二篇，其中大多出自荀子筆下，也有他門人的著述。這是研究荀子思想的主要資料，同時也是研究先秦各派學說的重要參考文獻。

荀子的文章，說理周密，論辯精到，具有樸實的風格，甚爲後人重視。漢代或稱《荀子》爲《荀卿新書》，唐代楊倞曾爲此書作注。清代以來，注釋、研究的人更多。

三不祥和三必窮

《荀子》的〈非相篇〉，有這麼一段話：

人有三不祥：幼而不肯事長，賤而不肯事貴，不肖而不肯事賢，是人之三不祥也。人有三必窮：爲上則不能愛下，爲下則好非其上，是人之一必窮也；鄉則不若，背則謾之，是人之二必窮也；知行淺薄，曲直有以相懸矣，然而仁人不能推，知士不能明，是人之三必窮也。

人有此數行，以爲上，則必危；爲下，則必滅。

這段話可以直譯如下：

人有三種不吉祥的事情：年輕卻不肯服事長輩，貧賤卻不肯服事貴人，頑劣卻不肯服事賢者，這是人的三種不吉祥事情。

人有三種必然窮困的道理：做上級時不能愛護下屬，做下屬時喜歡批評他的上級，這是人的第一種必然窮困的道理。當面時不肯順從別人，背地裡又謾罵他，這是人的第二種必然窮困的道理。知識行為淺陋卑劣，高下好壞有的地方和別人相差很遠，卻對仁人不能推崇，對智者不能尊重，這是人的第三種必然窮困的道理。

人有了這幾種行為，讓他做君上，就一定危險；讓他做臣下，就一定滅亡。

荀子所說的這些話，對今天的人來說，一樣有其參考價值。親愛的讀者，你能不能從歷史故事或現實生活裡，舉一些例子來印證荀子所說的道理？

宥坐之器

《荀子》的〈宥坐篇〉，有這樣一段話：

孔子觀於魯桓公之廟，有欹器焉。孔子問於守廟者曰：「此為何器？」守廟者曰：「此蓋為宥坐之器。」孔子曰：「吾聞宥坐之器者，虛則欹，中則正，滿則覆。」孔子顧謂弟子曰：「注水焉。」弟子挹水而注之，中而止，滿而覆，虛而欹。孔子喟然而嘆曰：「吁！惡有滿而不覆者哉？」

這段話可以直譯如下：

孔子到魯桓公的廟裡參觀，有一種傾斜的器具在裡面。孔子向守廟的人請教說：「這是甚麼器具？」守廟的人說：「這就是右座之器。」

孔子說：「我聽說右座之器這種東西，水虛空的時候就傾斜，水適中的時候就端正，水滿溢的時候就翻倒。」孔子回頭告訴學生說：「灌水到裡面。」學生舀水灌入了它，適中的時候就端正，滿溢的時候就翻倒，虛空的時候就傾斜。孔子感慨地嘆息說：「咳！哪裡有滿溢卻不翻倒的呢？」

「宥」同「右」。宥坐之器，就是放在座位右邊的器具。古代君王為了警戒自己，不可自滿，所以常在座位右邊設有「欹器」。這和後世的「座右銘」，作用是一樣的。我們從荀子的這段話裡，除了知道孔子的實證精神之外，對於古人所說的「滿招損，謙受益」，是不是也有更進一步的體會？

有教無類

《荀子》的〈法行篇〉，有這麼一段話：

南郭惠子問於子貢曰：「夫子之門，何其雜也？」子貢曰：「君子正身以俟，欲來者不距，欲去者不止。但夫良醫之門多病人，檃括之側多枉木。是以雜也。」

這段話可以直譯如下：

住在南面外城的惠子，來請教子貢說：「老師的門人，為什麼那樣紛雜不純呢？」子貢答道：「君子端正自己的器行，來等待求學的人，願意來的人不拒絕，想離開的不阻止。況且那良醫的門前，多的是病人；正弓器具的旁邊，多的是彎木。所以就雜而不純了。」

孔子是位偉大的教育家。他對於來求教的人，一向是主張「有教無類」的。荀子的這段話，正爲孔子的教育精神做了注腳。孔子說過：「有朋自遠方來，不亦樂乎？」朋，現在一般人都以爲它是指一般的朋友而言，實際上，古人所說的「朋」，指的是「同門」，也就是同學。孔子的意思是，只要有人從別處來向他求教，他沒有不樂於接受的。就因爲「有教無類」，來的人自然雜而不純了。荀子藉子貢和南郭惠子的問答，說明了這個道理。

良醫爲人治病，門前自然聚集了各種病人；檃栝用以正弓，旁邊當然堆積了很多彎木。這兩個譬喻，用來形容夫子的門下雜而不純，是很恰當的修辭技巧。除了這兩個譬喻之外，你還能再舉一個類似的例子嗎？

劉向《說苑》的〈雜言篇〉引述這一段話時，就多了「砥礪之旁多頑鈍」一句。意思是說：磨刀石的旁邊，本來就會有不少的頑鐵鈍器呢！

韓非子 簡介

韓非，約生於周赧王三十五年（西元前二八〇年），卒於秦王政十四年（西元前二三三年），是戰國後期一位傑出的政治思想家。

他出身於韓國貴族，從小胸懷大志，想在政治上有所作爲。曾研究法家學說，探討申不害、商鞅的成就，後來又到楚國蘭陵，拜荀卿爲師，與李斯同學。學成後在韓國很不得意，屢次建議韓王，都不被採納，因此發憤著書，寫了〈孤憤〉、〈五蠹〉、〈說林〉、〈說難〉等名篇。他的著作傳到秦國，得到秦王的賞識，可惜後來他到秦國時，卻被他的同學李斯害死了。

《韓非子》現存五十五篇，是韓非的政治著作，大部分是韓非本人的作品，也有一些作品出於後人之手。這本書是研究戰國時期法家思想的重要論著。

《韓非子》的散文，詞鋒銳利，議論精到，推證事理，切中肯綮，風格峻拔。尤其大量運用寓言和傳說，更使論述饒有風趣。

魯人徙越

《韓非子》的〈說林上篇〉，有這樣一段文字：

魯人身善織屨，妻善織縞，而欲徙於越。或謂之曰：「子必窮矣。」魯人曰：「何也？」曰：「屨為屨之也，而越人跣行；縞而冠之也，而越人被髮。以子之所長，游於不用之國，欲使無窮，其可得乎？」

這段文字可以直譯如下：

魯國有個人，自己擅長編麻鞋，他的妻子擅長織白絹帽，卻想搬家到越國去。有人告訴他說：「你一定會遇見困境的。」

魯國人問：「為什麼呢？」那人答道：「編麻鞋是為了有人穿它，而越國人卻赤著腳走路；織白絹是為了有人戴它，而越國人卻披散著頭髮。以你們的專長，跑到不能派上用場的國家，想要使自己不遇見困境，哪裡能夠做得到呢？」

魯國在今山東南部一帶，是古代重視禮教的地區，因此穿鞋子、戴巾帽的人很多，而越國在今華南一帶，當時尚未開化，因此一般習俗是斷髮文身，不穿鞋子，不戴巾帽。也因此，這篇文章，藉此來說明魯國人捨長用短、用非其所的錯誤。

這篇短文，對於魯國人所以想要徙居越國的原因，並未交代，不過，我們從行文口氣可以推測出來，魯國人遷往越國以後，仍然想做生意。我們知道現在臺灣有些商人，常往海外發展，有的成功，有的失敗。請問你讀了這篇文章以後，不知有沒有得到什麼啓示？

行賢而去自賢之心

《韓非子》的〈說林上篇〉，有這樣一段話：

楊子過於宋東之逆旅。有妾二人，其惡者貴，美者賤。楊子問其故。逆旅之父答曰：「美者自美，吾不知其美也；惡者自惡，吾不知其惡也。」楊子謂弟子曰：「行賢而去自賢之心，焉往而不美？」

這一段文字，也見於莊子〈山木篇〉中，用白話來直譯，是這樣子的：

楊先生路過宋國東邊的旅館。主管有兩個姨太太，那位醜的地位高，美的地位低。楊先生問他是什麼緣故。

旅館的老主人回答說：「那位美的自己以為漂亮，我就不覺得她漂亮了；那位醜的自己以為醜陋，我就不覺得她醜陋了。」

楊先生告訴學生說：「品行賢良，又能去掉自己以為賢良的心理，到哪裡會不受到讚美呢？」

讀了這段文字，你有什麼感想？照常理說，愛美是人的天性，可是那位旅館主人，在二妾之中，卻喜歡那位醜的，不喜歡那位美的，原因就是那位醜的謙卑待人，那位美的驕傲自滿。你可以責備這位主人沒有欣賞的眼光、容忍的雅量，但是楊子所說的「行賢而去自賢之心」，你不能不承認它是我們應該遵循的道理。

衛人嫁女

《韓非子》的〈說林上篇〉，有這樣一段文字：

衛人嫁其子而教之曰：「必私積聚。爲人婦而出，常也；成其居，幸也。」其子因私積聚，其姑以爲多私而出之。其子所以反者，倍其所以嫁。其父不自罪於教子非也，而自知其益富。今人臣之處官者，皆是類也。

這一段文字，直譯如下：

有個衛國人嫁女兒的時候，教導她說：「一定要私自積蓄。為人妻子卻被休棄，是常有的事。那些能共同生活下去的，是僥倖的呀！」他的女兒因此私自積蓄。她的婆婆認為她太多私心而把她休了。他女兒所帶回娘家的財物，比她帶出去的嫁妝還多一倍。她的父親不自己責備教導女兒的方法錯誤，反而得意他更富有了。現在做人臣子而在官位上的人，都是這一類的人呀。

韓非子的意思是說，做官的人假使在就任前就做好被免職的打算，先貪汙枉法，終究是會被免職的，這和衛人嫁女就沒有兩樣了。

這段文字中，有趣的是「子」字都當「女兒」講，而「姑」字則當「婆婆」講，和現在的用法不相同。這種用法，你能從古代詩文中舉出其他的例子嗎？

刻削之道

《韓非子》的〈說林下篇〉，有這樣的一段話：

刻削之道，鼻莫如大，目莫如小。鼻大可小，小不可大也；目小可大，大不可小也。舉事亦然。爲其後可復者也，則事寡敗矣。

這段話可以直譯如下：

雕刻修改的方法，鼻子不如刻大一些，眼睛不如刻小一些。鼻子大了，可以改小，刻小了卻不能加大；眼睛小了，可以加大，大了就不能改小了。辦理事情也是這個樣子。假使辦事以後還可以修改的話，那麼事情就很少失敗的了。

這段話從雕刻的技巧，引申到辦事的方法，意思是說，做任何事，都要留有轉圜的餘地，這樣才不至於有了偏差，也沒有機會改正。

「爲其後可復者也」一句，「爲」字在這裡，用猶如字，是假設的語氣。有的版本，把這一句寫做「爲其不可復者也」，意思是說：因爲知道辦事以後無法再任意修改了，所以事事小心，也因此事情很少失敗的。這兩種解釋，你認爲哪一種比較好？爲什麼？

南郭處士

《韓非子》的〈說林下篇〉，有這樣的一段話：

齊宣王使人吹竽，必三百人。南郭處士請爲王吹竽，宣王說之，廩食以數百人。宣王死，湣王立，好一一聽之，處士逃。

這一段文字，直譯如下：

齊宣王叫人吹笙的時候，一定要三百人一起吹奏。南郭處士(住在南面外城的一個平民)請求為宣王吹竽。宣王很喜歡他，薪水按照幾百人的待遇來發給。宣王死後，湣王即位，喜歡一個一個地聽，處士就逃走了。

這一段話，記敘南郭處士「濫竽充數」的故事，是個值得我們深思的笑話。齊宣王的擺闊和昏昧，南郭處士的無恥和可憐，都寫得生動。除此以外，你還想到什麼？或者說，你還注意到什麼？

「廩食以數百人」這一句，假使和上文「宣王說(悅)之」連在一起，是表示宣王喜歡南郭處士，所以給他的薪俸不少。這也表示南郭處士雖然不善吹竽，但是會裝模作樣，所以討得宣王歡心。假使「廩食以數百人」的「以」字，作「已」講，那麼這一句和下文連在一起，是說吹竽的人太多了，已經累積到好幾百人，所以湣王只好一個一個聽，以便作裁員的參考。這個故事的後面，韓非子還有一個附錄，說是韓昭侯像齊宣王一樣，喜歡聽很多人吹竽，但後來嫌吹竽的人太多，「吾無以知其善者」，準備裁員，所以有人向他建議「一一而聽之」。這樣說來，「廩食以數百人」這一句話的解釋，就不止一種了。這種字句歧義異解的例子，在古書中很多，你也能舉出一兩個例子來說說嗎？

齊王衣紫

《韓非子》的〈外儲說左上篇〉，有這樣的一段話：

齊王好衣紫，齊人皆好也。齊國五素不得一紫，齊王患紫貴。傅說王曰：「詩云：『不躬不親，庶民不信。』今王欲民無衣紫者，王請自解紫而朝，群臣有紫衣進者，曰：『益遠，寡人惡紫臭。』」是日也，郎中莫衣紫；是月也，國中莫衣紫；是歲也，境內莫衣紫。

這一段文字，直譯如下：

齊王喜愛穿紫衣，齊國人都跟著喜愛。齊國境內，五匹白絹換不到一匹紫絹，齊王憂慮紫絹價錢太貴。

太傅勸告齊王說：「《詩經》說：『不親自去實行，百姓就不信從。』現在君王想要人民不穿紫衣，君王請你自己換下紫衣才上朝，看見群臣中有穿紫衣覲見的，就說：『走得更遠一點，我討厭紫絹的氣味。』」

就在這一天，朝廷裡沒有人穿紫衣；這一月，都城中沒有人穿紫衣；這一年，國境內沒有人穿紫衣。

在《韓非子》同一篇文章中，還有另一段記載，與此大致相同。只是把太傅說成管仲，把最後三句的「是日」「是月」「是歲」寫做「是日」「明日」「三日」而已。意思是說：「當天朝廷中就沒有人穿紫衣，第二天都城裡就沒有人穿紫衣，第三天全國就沒有人穿紫衣，這是更加形容上行下效的快速。你覺得哪一種說法好？爲什麼？另外，有人把文中「是日也」以下數句，也都當成太傅所說的話，你覺得有沒有錯？錯在哪裡？

公儀休嗜魚

《韓非子》的〈外儲說右下篇〉，有這樣的一段話：

公儀休相魯而嗜魚，一國盡爭買魚而獻之，公儀子不受。其弟子諫曰：「夫子嗜魚而不受者，何也？」對曰：「夫唯嗜魚，故不受也。夫即受魚，必有下人之色；有下人之色，則枉於法；枉於法，則免於相。免於相，此必不能致我魚，我又不能自給魚。即無受魚而不免相，雖嗜魚，我能長自給魚。」此明夫恃人不如自恃也；明於人之爲己者，不如己之自爲也。

這一段文字，直譯如下：

公儀休做魯國的相國，非常喜歡吃魚。全國的人都爭先買魚來獻給他，公儀先生卻不肯接受。他的弟子勸道：「您喜歡吃魚卻不肯接受的原因，是為什麼呢？」他回答說：「就因為我喜歡吃魚，所以才不接受啊！假使接受了魚，就一定會有遷就別人的神態；有遷就別人的神態，就損害到法度；損害到法度，就被免去了相國的職位。被免去了相國的職位，這些人就一定不肯再給我魚了，我自己又不能去買魚吃。假使不接受別人獻魚，就不會被免去相國的職位。雖然喜歡吃魚，我還是能長期自己買魚吃。」

這是明白依靠別人不如依靠自己呀，明白別人幫助自己，不如自己親自去做呀！

這段文字，旨在說明人助不如自助的道理。公儀休做了相國，才有多餘的薪俸買魚吃，人們爲了逢迎他，也才肯獻魚給他；假使他接受人們的餽贈，遲早會枉法被免職，那時候，人們就不會再獻魚給他，而他也就沒有多餘的薪俸買魚了。公儀休的想法，是値得我們借鑑的。

另外，文中「其弟子諫曰」那一句，有的版本「弟子」作「弟」，假使是後者的話，那麼下面一句「夫子嗜魚而不受者」的「夫子」，你以爲應該作何解釋？

呂氏春秋 簡介

《呂氏春秋》，又名《呂覽》，是戰國末年秦相呂不韋的門客集體撰寫的。這是一部先秦諸子散文集，也是先秦雜家的代表著作。

呂不韋原是商人，因爲幫助秦莊襄王繼位有功，所以做了宰相，被封爲文信侯。秦始皇即位，尊之爲「仲父」，極有權勢。呂不韋爲了要統一戰國時代思想界百家爭鳴的局面，所以命令門客「人人著所聞」，編成了《呂氏春秋》這部書。

《呂氏春秋》分爲二十六卷，共一百六十篇。內容以儒道爲主，兼及法、墨、名、農諸家之言。《呂氏春秋》的文章，善於運用故事說明道理。書中引用了大量的寓言故事、民間傳說、歷史記載，都寫得生動有趣，增加了不少感染的力量。這也是戰國時期散文的一個特色。

不食盜食

《呂氏春秋》的〈介立篇〉，有這樣一段文字：

東方有士焉，曰爰旌目，將有適也，而餓於道。狐父之盜曰丘，見而下壺餐以餔之。爰旌目三餔之而後能視，曰：「子何爲者也？」曰：「我狐父之人，丘也。」爰旌目曰：「譆，汝非盜邪？胡爲而食我？吾義不食子之食也。」兩手據地而吐之，不出，喀喀然，遂伏地而死。

這段文字可以直譯如下：

東方有個士人，名叫爰旌目，他有事準備到遠地去，卻餓倒在途中。狐父這地方的一個小偷，名字叫丘，看見了就取下壺中的食物來餵他吃。

爰旌目三次吃了食物以後，才能張開眼睛看。說：「你是幹什麼的？」小偷說：「我是狐父的人，名字叫做丘。」爰旌目說：「唉，你不就是小偷嗎？為什麼拿東西給我吃？我是義士，不吃你的食物。」雙手按在地上，要吐出吃進去的食物，吐不出來，只有喀喀的聲音，最後就趴在地上死了。

爰旌目眞是一位耿介之士，而狐父之丘也是一位富有同情心的小偷。這兩個人的行爲，你認爲有哪些值得稱讚和批評的地方？

亡鈇疑鄰

《呂氏春秋》的〈去尤篇〉，有這樣的一段文字：

人有亡鈇者，意其鄰之子，視其行步，竊鈇也；顏色，竊鈇也；言語，竊鈇也；動作態度，無爲而不竊鈇也。相其谷而得其鈇。他日復見其鄰之子，動作態度無似竊鈇也。其鄰之子非變也，己則變也。變也者無他，有所尤也。

這段文字可以直譯如下：

有人遺失了鍘刀，懷疑鄰居的兒子，看他走路，像是偷鍘刀的呀；臉色，像是偷鍘刀的呀；説話，像是偷鍘刀的呀；一切舉動神情，沒有一樣不像偷鍘刀的呀。

巡視他的谷地時，找到了他的鍘刀。改天又見到他鄰居的兒子，一切舉動神情不像是偷了鍘刀的樣子。

他鄰居的兒子沒有改變呀，是他自己改變了。改變的原因沒有別的，是有所怨尤的緣故呀。

前兩段話也見於《列子》的〈說符篇〉。「相其谷而得其鈇」一句，《列子》寫成「俄而扫其谷而得其鈇」。「扫」同「掘」，意思是說：這個人不久以後，去挖掘他的山溝，找到了他的鍘刀。你以爲「相其谷」和「扫其谷」哪一個好？還有，「鈇」可以解作「斧頭」，也可以解作「鍘刀」，《說文解字》說：「鈇，莝斫刀也。」就是指用來割草砍樹的長刀。你以爲「鈇」在這裡應該作何解釋比較合理？

燕雀之智

《呂氏春秋》的〈諭大篇〉，有這樣的一段話：

燕雀爭善處於一屋之下，子母相哺也，姁姁焉相樂也，自以爲安矣。竈突決，則火上焚棟，燕雀顏色不變，是何也？乃不知禍之將及己也。爲人臣免於燕雀之智者寡矣。

這一段話可以直譯如下：

燕子麻雀爭占好地方，在同一個屋宇之下，兒子母親互相哺養，溫馨地彼此關愛，自己以為生活安樂了。（等到）火灶煙囪壞了，就火焰上騰，燒著屋棟，燕子麻雀臉色還是不變。這是什麼原因呢？這就是不知道災禍快要降到自己身上了。做人臣的，能夠免除燕雀之智的人是很少的。

「燕雀之智」就是形容一個人的見識非常窄小，智慧非常低淺。〈諭大篇〉的這段話，以小喻大，藉以說明人臣謀求富貴，和親人結黨營私，姁姁相樂，實際上是危害國家。也是危害自己的行爲。這和燕雀之智並無不同。所以古人說：「天下大亂，無有安國；一國盡亂，無有安家；一家皆亂，無有安身。」這些話在現代人看來，應該也還有值得深思的地方吧？

知人不易

《呂氏春秋》的〈任數篇〉，有這樣一段話：

孔子窮乎陳蔡之間，藜羹不斟，七日不嘗粒，晝寢。顏回索米，得而爨之。幾熟，孔子望見顏回攫其甑中而食之。選間，食熟，謁孔子而進食。孔子佯爲不見之。孔子起曰：「今者夢見先君，食潔而後饋。」顏回對曰：「不可。嚮者煤室入甑中，棄食不祥，回攫而飯之。」孔子歎曰：「所信者目也，而目猶不可信；所恃者心也，而心猶不足恃。弟子記之，知人固不易矣！」

這段話可以直譯如下：

孔子被困在陳國蔡國之間，野菜羹湯沒得舀取，七天沒有吃到米飯，白天也餓得躺著。顏回去找米，找到了就燒著木柴煮它。快熟的時候，孔子望見顏回抓起那釜甑中的飯粒吃下了它。

轉眼間，飯熟了，拜見孔子而送上了飯。孔子假裝沒有見到那情況。孔子站起來說：「方才夢見先父，飯要潔淨，然後才能上祭。」顏回答道：「不行。剛才煤灰掉進釜甑裡，扔了食物是不吉利的，我於是抓起它吃下了。」

孔子嘆口氣說：「可以信賴的是眼睛啊，但是眼睛卻還是不可信賴；可以憑靠的是心意呀，但心意卻還是不可憑靠。同學們記住這件事，了解別人本來就不容易呀！」

顏回是孔子的得意學生，他的品行也常常得到孔子的讚美。可是這一次，他抓取甑中煤灰的舉動，仍然被孔子誤會了。可見人與人之間，誤會是難免的。我們明白了這個道理，對人對事，更要愼察明辨，不可輕下結論。還有文中「孔子佯爲不見之」一句，有人以爲應該移到「選間，食熟」之前，這樣的話，文意比較通順，你覺得有道理嗎？

良狗取鼠

《呂氏春秋》的〈士容論〉裡，有這麼一段話：

齊有善相狗者，其鄰假以買取鼠之狗，期年乃得之。曰：「是良狗也。」其鄰畜之數年，而不取鼠，以告相者。相者曰：「此良狗也，其志在獐麋豕鹿，不在鼠。欲其取鼠也，則桎之。」其鄰桎其後足，狗乃取鼠。

這段話可以直譯如下：

齊國有個擅長相狗的人，他的鄰居託他去買會捉老鼠的狗，滿了一年才買到牠。說：「這是良狗啊！」他的鄰居養了牠好幾年，牠卻不捉老鼠，鄰居把這些情形告訴相狗的人。相狗的人說：「這是良狗啊！牠的心裡只想著獐麋豬鹿，不在老鼠身上。想要牠捉老鼠的話，就要用腳鐐把牠鎖起來。」

他的鄰居鎖了牠的後腳，狗才捉老鼠。

善於相狗的人，花了一年的時間，才爲鄰居買到良狗。這良狗大則可以捉獐鹿，小則可以捉老鼠。可惜鄰居只要牠捉老鼠而已。世上遭到牽制壓抑的人才，不能盡其才用，跟這良狗不是很相似嗎？

禮記 簡介

《禮記》是「三禮」之一。「三禮」指的是：《儀禮》、《周禮》和《禮記》。

《禮記》有兩種傳本，都是西漢儒者輯錄而成的。戴德所輯錄的，叫做《大戴禮記》，原有八十五篇，今存四十篇；戴聖所輯錄的，叫做《小戴禮記》，共四十九篇，相傳爲孔子弟子及其後學所記，就是現在通行的《禮記》。

《禮記》記錄了戰國秦漢間儒者的言論，是研究儒家禮制言論的重要典籍。

《禮記》一向爲後學者重視。宋朝朱熹把《禮記》中的〈大學〉、〈中庸〉兩篇特別挑選出來，和《論語》、《孟子》合爲四書，並且爲之集注，後來，朱熹的《四書集注》便成爲古代儒生必讀的參考書。

禮貴能節

《禮記》的〈檀弓上篇〉，有這樣一段話：

曾子謂子思曰：「伋，吾執親之喪也，水漿不入口者七日。」子思曰：「先王之制禮也，過之者，俯而就之；不至焉者，跂而及之。故君子之執親之喪也，水漿不入於口者三日，杖而后能起。」

這段話可以直譯如下：

曾子告訴子思說：「伋，我守父喪的時候，水和米湯沒有沾到嘴唇的時間，有七天之久。」

子思說：「古代聖王制定禮節的用意，是要超過禮節的人，簡省一點來遷就它；未達標準的人，勉力一點來達到它。所以君子在守父喪的時候，水和米湯不沾到嘴唇的時間，是三天，這樣才能扶著喪杖，然後還能站起身來。」

曾子和子思都受過孔子的薰陶，都是知書達禮的人。曾子守父親之喪，七天水不入口，固然孝心感人，但七天太久了，身體恐怕過於疲頓，就無法執禮行事了。子思說他聽到的道理，是三天不沾水漿。因爲三天不長不短，最爲適中，一般人的身體還能受得了，所以才說是「杖而后能起」。我們從這裡可以看到儒家合情合理的一面，也可以體會行禮貴在能有節制。禮，本來就是要有節制的，所以才叫禮「節」。禮的實踐，一定要講求適當的時間，適當的地點，適當的言語和舉動。否則，過猶不及，都是失禮的行爲。

俗話說：「禮多人不怪。」粗野無禮，固然人人討厭，但是禮多，眞的人就不怪嗎？

人一己百

《禮記》的〈中庸篇〉，有這樣的一段文字：

有弗學，學之弗能，弗措也；有弗問，問之弗知，弗措也；有弗思，思之弗得，弗措也；有弗辨，辨之弗明，弗措也；有弗行，行之弗篤，弗措也。人一能之，己百之；人十能之，己千之。果能此道矣，雖愚必明，雖柔必強。

這段文字可以直譯如下：

除非有不肯學的，假使學了，還是不會，就不停止；除非有不肯問的，假使問了，還是不知道，就不停止；除非有不肯想的，假使想了，還是不懂得，就不停止；除非有不肯辨別的，假使辨別了，還是不明白，就不停止；除非有不肯推行的，假使推行了，還是不切實，就不停止。

別人一次能夠做到的，自己就做一百次；別人十次能夠做到的，自己就做一千次。假使真的能夠體會這種道理了，即使愚笨的人也一定變得聰明，即使柔弱的人也一定變得剛強。

奮鬥不懈，是成功的必要條件。做任何事情，假使沒有恆心，缺乏毅力，一遇挫折，就半途而廢，那麼，一定會前功盡棄，功虧一簣。假使能夠持之以恆，不屈不撓，不到目標絕不中止，那麼，勤能補拙，一定能夠獲得最後的成功。世人往往喜歡自作聰明，結果反被聰明誤了。〈中庸〉的這一段話，值得我們警惕！

在這段句式整齊的文字裡，你覺得所有的「之」字，該作何解？它和「果能此道」的「道」有沒有關係？還有，「人一能之，己百之」以下兩句的數目字，你以爲是指次數或其它的東西？

左傳 簡介

《左傳》一稱《春秋左氏傳》，是一部編年體的史書。它以魯國為中心，記載春秋時代的歷史。

作者相傳是魯國的史官左丘明，他利用當時所能獲得的文獻資料，記敘春秋時期齊桓公、晉文公、楚莊王、秦穆公等人的霸業，以及諸侯各國的政治、經濟、軍事、外交等方面的活動，對於我們研究春秋時代的歷史，很有參考價值。

《左傳》不僅是珍貴的歷史著作，同時也是傑出的文學作品。

漢代以後，儒家把《左傳》與《公羊傳》、《穀梁傳》並列，合稱「春秋三傳」，認為同是解釋孔子編訂的《春秋》而作。《左傳》以記敘史實為主，《公羊》、《穀梁》則以解釋經義為主。唐代以後，有不少學者提出異議。因為從書中史實看，《左傳》內容和《春秋》經文並不完全契合，而且所記的史實，比《春秋》還多出二十七年。因此，有人懷疑作者不是孔子同時代的左丘明，而是另有其人。

晉侯圍原

《左傳》僖公二十五年，有這樣一段記載：

晉侯圍原，命三日之糧。原不降，命去之。諜出，曰：「原將降矣。」軍吏曰：「請待之。」

公曰：「信，國之寶也，民之所庇也。得原失信，何以庇之？所亡滋多。」選一舍而原降。

這一段話可以直譯如下：

晉文公圍攻原城，只下命準備三天的糧食。原城不肯投降，於是下令撤兵。間諜出城來，說：「原城快要投降了。」軍官參謀說：「請求等等看。」

文公說：「信用，是國家的寶物，人民所要庇護的東西。得到原城，失去信用，如何來庇護人民呢？失去的會更多。」

軍隊撤退三十里，原城還是投降了。

「原」是地名，在今河南省，是春秋時代的小國之一。晉文公本來以爲三天就可以攻下原國的都城，所以只命令攜帶三天的糧食。等到第三天，還是攻不下來以後，文公果然就宣布退兵了。間諜和軍吏說的話，雖然都是實情，但文公還是以爲守信最爲重要。

晉文公所說的話，你覺得有沒有道理？你以爲文公退兵三十里而原國仍然請降的原因是什麼？

驕兵必敗

《左傳》魯僖公三十三年，有這樣一段記載：

秦師過周北門，左右免胄而下，超乘者三百乘。王孫滿尚幼，觀之，言于王曰：「秦師輕而無禮，必敗。輕則寡謀，無禮則脫。入險而脫，又不能謀，能無敗乎？」

這段文字可以直譯如下：

秦國的軍隊，經過周朝的洛陽北門，兵車上左右的武士，只脫下頭盔，下車行禮，然後又立即跳上車去，這樣經過的兵車總共三百輛。

王孫滿當時年紀還小，看到這種情形，就在周王面前說：「秦國軍隊輕浮無禮，一定打敗仗。輕浮的必定少有計謀，無禮的必定隨便。深入險地作戰，假使隨便，又不能計謀，能夠不打敗仗嗎？」

這是《左傳》中一段著名的文字，也是「秦晉殽之戰」之的一段插曲。秦穆公派兵去偷襲鄭國，因事機洩漏，無功而返，歸途中反而在殽山（今河南陜縣附近）那地方，被晉國軍隊打敗了。當戰爭還沒有正式開始之前，王孫滿看到秦軍經過天子城門，沒有按照古禮，將鎧甲和武器卸除，只是脫下頭盔，下車行禮，隨即跳躍上車，他就知道輕慢無禮的秦軍，必敗無疑。因爲輕慢無禮，就是表示軍隊沒有紀律；軍隊沒有紀律，一旦發生戰爭，豈有不敗之理？古人說「驕兵必敗」，你覺得只有戰爭才是如此嗎？

國語

簡介

《國語》是春秋時期各國史官記載的史料，記錄各國貴族的言論、活動。司馬遷和班固認爲編纂者是左丘明，但近人多不採信。根據近人研究的結果，《國語》應爲彙編之書，非出一時一人之手，它是以記言形式編成的國別體的歷史著作。

全書共二十一篇，包括八個組成部分，分別記載周、魯、齊、晉、鄭、楚、吳、越等八國的事跡。每篇包括了若干則不相連屬的記言文字，每一部分的起訖時間和記載方式，也都自成系統，而且常有重複的記載，這可說明在一篇之內，也不一定是出於一人之手。

古代的歷史散文，《尚書》最早。但《尚書》過於簡樸，可謂質而不文。《春秋》經雖然比《尚書》稍有進步，但仍然失之過簡，難怪有人說它是「斷爛朝報」。到了《左傳》和《國語》，中國的歷史散文在人物刻劃和記敘技巧上，才有長足的進步。

治國之難易

《國語》的〈晉語〉裡，有這麼一段對話：

文公問於郭偃曰：「始也吾以治國爲易，今也難。」對曰：「君以爲易，其難也將至矣；君以爲難，其易也將至焉。」

這一段話可以直譯如下：

晉文公向郭偃請教說：「以前哪，我以為治理國家是容易的，現在才知道困難。」郭偃回答說：「您以為容易，那麼那些困難的事情啊就會出現了；您以為困難，那麼那些容易的事情啊就會出現了。」

晉文公是個賢君，因爲有心治好國家，所以覺得治理政事並不容易。郭偃是替晉國掌管卜筮的大夫，又稱卜偃。古代國有大事的時候，君王通常都會向卜者請教。郭偃就藉這一次文公向他請教的機會，告訴了文公治國的道理。一般說來，假使我們把事情都看得很簡單，那麼往往會因爲輕率隨便，反而遭遇到意外的困難。假使我們把事情看得很困難，不容易處理，那麼往往會因爲戒懼留意，不敢掉以輕心，因而即使有了什麼困難，也容易迎刃而解。

郭偃的這一番話，除了用在治國以外，你覺得還可以用在哪些方面？你能舉出一些歷史故事或生活實例加以說明嗎？

君子自以為不足

《國語》的〈晉語〉裡，有以下一段文字：

趙簡子問於壯馳茲曰：「東方之士孰爲愈？」壯馳茲拜曰：「敢賀！」簡子曰：「未應吾問，何貴？」對曰：「臣聞之：國家之將興也，君子自以爲不足；其亡也，若有餘。今子任晉國之政，而問及小人，又求賢人，吾是以賀。」

這段文字可以直譯如下：

趙簡子向壯馳茲請教說：「東方的才士誰是賢能的？」壯馳茲行了拜禮，說：「該向您祝賀。」

簡子說：「還沒有回答我的問題，怎麼先祝賀我呢？」（壯馳茲）回答說：「臣下聽過這樣的話：國家將要興盛的時候，在上位的君子自己認為能力不足；將要滅亡的時候，好像有過剩的能力。現在您負責晉國的政事，卻向地位卑賤的小人請教，問的又是訪求賢人的事，我因此向您祝賀。」

趙簡子是晉國的卿相，主持晉國政事；壯馳茲是晉國大夫，可能原籍在「東方」的吳越一帶，或者剛從當地出使回來，所以趙簡子請問他有沒有發現甚麼人才。這種不恥下問、求才若渴的風範，實在令人敬佩，因此壯馳茲才迫不及待地祝賀他。「國家之將興也」四句，言明謙受益、滿招損的道理，不僅適用於古今從政的人，即使用於我們一般人的日常生活，不是也很合適嗎？

戰國策

簡介

《戰國策》主要是記錄戰國時代縱橫家言的一部古籍。戰國時代，士人求爲世用，紛紛懷著策略去遊說諸侯，合縱連橫，不一而足。他們立場不同，互相辯論，發表了許多政治主張和鬥爭謀略，後來經過各國史官或謀士自己記錄下來，彙成此書。有人以爲是漢朝初年蒯通所纂，但證據不足，不被採信。

它的卷帙，原來非常混亂，名稱也非常繁雜，有《國策》、《國事》、《短長》、《長書》等等異名別稱。我們現在所看到的流傳本子，是經過漢代學者劉向整理校訂的。他去其重複，合爲三十三篇，亦即三十三卷，並按國別分爲：東周、西周、秦、齊、楚、趙、魏、韓、燕、宋、衛、中山等十二國，定名爲《戰國策》。

《戰國策》繼承《國語》的體裁，反映戰國時代諸侯各國的政治動態和歷史事件，同時對許多歷史人物和縱橫家言論，都有具體而動人的描述和記錄。

曾參殺人

《戰國策》的〈秦策〉裡，有這麼一段話：

昔者曾子處費。費人有與曾子同名族者而殺人。人告曾子母曰：「曾參殺人。」曾子之母曰：「吾子不殺人。」織自若。有頃焉，人又曰：「曾參殺人。」其母尚織自若也。頃之，一人又告之曰：「曾參殺人。」其母懼，投杼逾牆而走。

這段話可以直譯如下：

從前曾子住在費邑。費邑有和曾子同名同姓的人，殺了人。有人告訴曾子母親說：「曾參殺了人。」曾子的母親說：「我兒子不會殺人。」織著布，就像原來的樣子。

過了一會兒，人又來說：「曾參殺了人。」他的母親還是織著布，像原來的樣子呀。

一會兒，有一個人又來告訴她說：「曾參殺了人。」他的母親怕了，扔下織布的梭子，越過牆頭就跑了。

在《韓非子》〈內儲說上篇〉裡也有一段寓言，說是前後有三個人都說市上有虎，大家也就信以爲眞了。可見謠言是多麼可怕！曾子是孝子，也是賢人，這樣的人被訛傳殺人時，連他的母親最後都相信了呢！所謂「眾口鑠金」，我們常常警惕，不要輕信流言蜚語。

在這篇文章裡，作者藉三段描寫曾母織布的文字，就寫出了她心理變化的過程。這是非常高明的表現技巧，你能指出來，並加以分析嗎？

不罪中期

《戰國策》的〈秦策〉裡，有這樣一段話：

秦王與中期爭論，不勝，秦王大怒，中期徐行而去。或爲中期說秦王曰：「悍人也中期！適遇明君故也；向遇桀、紂，必殺之矣。」秦王因不罪。

這段話可以直譯如下：

秦王和中期爭相辯論，不能勝過中期，秦王非常生氣，中期慢慢走著離開了。有人替中期遊說秦王說：「強悍的人哪中期！幸好遇見賢明君王的緣故啊；假使剛才的行為遇上夏桀、商紂，一定殺死他了。」秦王因此不加責怪。

文中的秦王，有人以爲指秦武王，也有人以爲指秦昭襄王。他遇見辯士中期和他爭辯不休，態度又強悍無禮，自然大不高興。這時候，中期好像一點也不害怕，慢慢地走開了。要是換上別的君王，早就下令殺了中期；可是秦王卻能控制情緒，加上有人從旁勸告，所以沒有再怪罪下去。這眞是一位賢明的君王啊！

假使你讀過夏桀殺關龍逢、商紂殺比干的故事，可以拿來和這個故事比較看看，秦王和桀、紂有什麼不同的地方。同時，請你注意文中「悍人也中期！適遇明君故也」兩句，現代人可能以爲斷成「悍人也！中期適遇明君故也」比較通順！事實上，「悍人也中期」的這種讀法，是比較符合古人習慣的，你能舉出其他的一兩個例子嗎？

溺井之狗

《戰國策》的〈秦策〉裡，有這樣一段文字：

人有以其狗爲有執而愛之。其狗嘗溺井；其鄰人見狗之溺井也，欲入言之。狗惡之，當門而噬之，鄰人憚之，遂不得入言。

這段文字可以直譯如下：

有人以為他的狗是善於狩獵的，因而愛護牠。那隻狗有一次撒尿在井裡，他的鄰居看見狗撒尿在井裡的時候，想進去告訴主人。狗討厭那個鄰居，擋在門前來咬他，鄰居怕牠，於是不能夠進去告訴主人。

這段話是魏國策士江乙，遊說楚宣王的時候所說的寓言故事。江乙討厭當時的楚相昭奚恤，因此在楚宣王面前毀謗他。江乙把昭奚恤比成溺井的狗，說他利用一次攻破魏國都城大梁的機會，掠取了魏國的寶器，又怕知曉其事的江乙向楚宣王報告，所以百般阻撓江乙求見楚宣王。

寓言是藉故事來說明道理，江乙所說的溺井之狗一類的奸邪小人，在歷史故事中並不少見。你能舉出一兩個例子來說明嗎？

樂羊食子自信

《戰國策》的〈魏策〉裡，有一段故事：

樂羊爲魏將而攻中山，其子在中山，中山之君烹其子而遺之羹。樂羊坐於幕下而啜之，盡一盃。

文侯謂覩師贊曰：「樂羊以我之故，食其子之肉。」贊對曰：「其子之肉尚食之，其誰不食？」

樂羊既罷中山，文侯賞其功而疑其心。

這一段文字，可以直譯如下：

樂羊做魏國的將軍，去攻打中山國。他的兒子正在中山國，中山國的國君烹煮了他的兒子，做成羹湯送給他。樂羊住在營帳下喝了它，喝完了一大盃。

魏文侯告訴覩師贊說：「樂羊因為我的緣故，吃了他兒子的肉。」覩師贊答道：「他兒子的肉他都能吃，還有誰的不吃呢？」

樂羊在攻取中山國以後，魏文侯獎賞他的功勞，卻懷疑他的居心。

根據同書〈中山策〉的說法，樂羊食子，是爲了取得魏文侯的信任，但是事實上他這種違反人情的舉動，反而讓魏文侯對他起了疑心。魏國夫人覩師贊（覩師，一作「覩斯」或「堵師」，是複姓）說的話，不是很值得我們深思嗎？

服牛驂驥

《戰國策》的〈魏策〉裡，有這麼一段記載：

公孫衍爲魏將，與其相田繻不善。季子爲衍謂梁王曰：「王獨不見夫服牛驂驥乎？不可以行百步。今王以衍爲可使將，故用之也，而聽相之計，是服牛驂驥也。牛馬俱死，而不能成其功。王之國必傷矣，願王察之。」

這一段文字，可以直譯如下：

公孫衍做魏國的將軍，和他的相國田繻不和。

季子替公孫衍告訴梁王說：「大王難道沒有看過那種裡邊是牛，外邊是驥的拉車情況嗎？不能夠跑上一百步遠的。現在大王認為公孫衍是可以派他做將軍的人，所以才任用他呀，但是卻又聽從相國的計策，這就是裡邊是牛，外邊是驥的拉車情況了。牛馬都累死了，但是還不能完成牠們的任務。大王的國家一定受害了，希望大王注意這件事。」

季子，是戰國時代著名策士蘇秦的字。梁王，就是魏襄王。蘇秦向魏襄王說的這段話，是藉「服牛驂驥」的情況，來說明將相不和對國家所可能造成的損害。古代一車四馬，中間的兩匹叫服，兩旁的馬叫驂。服牛驂驥，就是裡邊是牛，外邊是驥（良馬）。牛和良馬跑的速度大不相同，所以讓牠們駕同一輛車，必定勞累而無功。這是比喻將軍在外，如果還要受到朝中相國的掣肘，打勝仗的機會恐怕就不多了。

你覺得岳飛的故事，和「服牛驂驥」的情況相類似嗎？

說客用處

《戰國策》的〈燕策〉裡，有這樣一段文字：

燕王謂蘇代曰：「寡人甚不喜訑者言也。」

蘇代對曰：「周地賤媒，為其兩譽也；之男家曰女美，之女家曰男富。然而周之俗，不自為取妻。且夫處女無媒，老且不嫁；舍媒而自衒，弊而不售。順而無敗，售而不弊者，唯媒而已矣。且事非權不立，勢非不成。夫使人坐受成事者，唯訑者耳。」

王曰：「善矣！」

以上這段文字可以直譯如下：

燕昭王向蘇代說：「寡人很不喜歡欺騙人的話。」

蘇代回答說：「周地的人瞧不起媒人，因為他兩方面都說好話呀：到了男方家裡，就說女子美麗；到了女方家裡，就說男子有錢。然而依照周地的習俗，人是不能自己作媒娶妻子的。況且處女沒有媒人，等到年老了也嫁不出去；捨去居中的媒人，而自己來稱讚自己，即使嘴巴說破了也推銷不出去。想要順利而不失敗，出售而不破壞，就只有倚靠媒人了。同時事情沒有權宜，便不能建立；沒有勢力，便不能成事。因此使人坐享其成的，只有靠欺騙人的人了。」

燕王說：「說得好！」

蘇代是戰國時代一位著名的說客，原是洛陽人。本文中他即以故鄉周地的習俗，來說明訑者的不可輕視。訑者，原指說話不實在的人，這裡則指說客而言。蘇代把說客比成媒人，用婚姻來比喻兩國之間的外交關係。這種表現方法，你覺得比直接說明道理有用嗎？

馬價十倍

《戰國策》的〈燕策〉裡，有這麼一段話：

人有賣駿馬者，比三旦立市，人莫之知。往見伯樂，曰：「臣有駿馬欲賣之，比三旦立于市，人莫與言。願子還而視之，去而顧之，臣請獻一朝之賈。」伯樂乃還而視之，去而顧之。一旦而馬價十倍。

這段話可以直譯如下：

有個賣駿馬的人，連續三個早上站在市集裡，人們沒有對他理會的。他去見伯樂，說：「我有駿馬想要賣了牠，連續三個早上站在市集裡，人們卻沒有來跟我商量的。希望您去圍繞著看看牠，離開的時候還回頭看看牠，我願意送上整個早上的報酬。」

伯樂於是去圍繞著看看牠，離開的時候還回頭看看牠。才一個早上，馬的價錢就漲了十倍。

伯樂是古代一個善於相馬的人，駿馬一經他的鑑賞，馬上就身價十倍。不過，重要的是這匹馬本身要是良馬，伯樂才肯幫忙，不然伯樂豈不是被人利用了。另外，我們從文中還可以體會得到，駿馬要是沒有得到伯樂的鑑賞，就沒人過問了。這就好像一個傑出優秀的人才，要是沒有得到別人的賞識、提拔，也就只有沉於下僚。不是嗎？

鷸蚌之爭

《戰國策》的〈燕策〉裡，有這樣一段文字：

趙且伐燕，蘇代為燕謂惠王曰：「今者臣來，過易水，蚌方出曝，而鷸啄其肉，蚌合而拑其喙。鷸曰：『今日不雨，明日不雨，即有死蚌。』蚌亦謂鷸曰：『今日不出，明日不出，即有死鷸。』兩者不肯相捨，漁者得而並禽之。今趙且伐燕，燕、趙久相支，以弊大眾，臣恐強秦之為漁父也。故願王之熟計也！」惠王曰：「善！」乃止。

這段文字可以直譯如下：

趙國將要攻打燕國，蘇代替燕國來向趙惠王說：「此次我來的時候，經過易水，看見河蚌剛好張開殼來曬太陽，而一隻鷸鳥卻去啄牠的肉，河蚌合起了殼，就夾住了鷸的嘴巴。鷸說：『今天不下雨，明天不下雨，就會有乾死的蚌了。』蚌也對鷸說：『今天不放出你，明天不放出你，就有死鷸了。』兩個都不肯放開對方，捕魚的人看見了，就一起捉起了牠們。現在趙國準備攻打燕國，如果燕、趙長久相持，而使民眾疲困的話，我恐怕強秦就將做漁翁了。所以希望君王仔細考慮這件事！」

惠王說：「好！」便停止出兵攻打燕國。

以上的這個寓言，寫蘇代藉鷸蚌相爭的故事，來勸說趙國不要出兵伐燕，以免兩敗俱傷，寫得很精采，流傳也很廣。但讀者有沒有想過：鷸蚌相持不下的時候，彼此怎麼能夠開口對話？鷸的嘴巴被蚌箝住，牠怎麼開口的？同樣的道理，蚌開口說話時，難道不怕鷸乘機把利嘴抽回去嗎？

山海經 簡介

《山海經》記載了古代的許多殊方異物，有人以爲它是古代的巫書，也有人以爲它是地理書。民國以來的學者，大多以爲它是古代神話的大寶藏。

《山海經》的作者，歷來都以爲是大禹、伯益，但實際上，它不是一人一時之作。它的著成年代，雖然不能確定，但成於戰國末年以前，應無問題。

刑天爭帝

《山海經》的〈海外西經〉，有這樣的一段話：

刑天與帝爭神。帝斷其首，葬之常羊之山；乃以乳爲目，以臍爲口，操干戚以舞。

這段話可以直譯如下：

刑天和黃帝爭奪神座。黃帝砍斷了他的頭，埋葬它在常羊的山上；刑天於是把乳頭當做眼睛，把肚臍當做嘴巴，拿著盾牌和斧頭來揮舞。

這是一段動人心魄的神話故事，和「夸父逐日」、「精衛塡海」一樣，常爲後人所稱道。刑天的「天」，按照金文的寫法，像是人的頭形，所以刑天本來就是斷頭的意思。「刑天」一作「形夭」，也就是因此而來。這位形體雖殘的刑天，雖然頭顱被砍去埋在常羊山上，但他仍然不肯屈服，竟然以乳爲目，盯著敵人，以臍爲口，喊殺殺殺，繼續揮舞著武器，和敵人爭鬥。這種雖然失敗卻奮鬥不懈的精神，你覺得怎麼樣？你會以爲刑天是不自量力嗎？假使不是，請你說說你的看法。

列子 簡介

《列子》一書，相傳是列禦寇所著。列禦寇，是戰國初期道家的代表人物之一。正史中沒有記載他的生平事跡。我們只知道他是鄭國人，一直過著貧窮的隱居生活。

《漢書・藝文志》著錄「列子」八篇，可見先秦確有此書，但現在流傳的《列子》，卻出於晉朝人的僞託，並非原始面目。書中保存了許多神話傳說和寓言故事，或許其中也有殘缺片斷的原書影子。因此，我們把它附在這本書的後頭。

兩小辯日

《列子》的〈湯問篇〉，有這樣一段文字：

孔子東游，見兩小兒辯鬥，問其故。

一兒曰：「我以日始出時，去人近，而日中時遠也。」一兒以日初出遠，而日中時近也。

一兒曰：「日初出，大如車蓋；及日中，則如盤盂。此不爲遠者小而近者大乎！」

一兒曰：「日初出，滄滄涼涼；及其日中，如探湯。此不爲近者熱而遠者涼乎？」

孔子不能決也。兩小兒笑曰：「孰爲汝多知乎？」

這一段話可以直譯如下：

孔子到東方旅行，看見兩個小孩在爭辯鬥嘴，問他們原因。一個小孩說：「我以為太陽剛出來的時候，距離人們近，而日正當中的時候就遠了。」另一個小孩以為太陽剛出來的時候遠，而日正當中的時候近。

一個小孩說：「太陽剛出來，大得像車上的傘蓋；到了日正當中，就像盤子、盆子了。這不就是遠的小，而近的大嗎？」

另一個小孩說：「太陽剛出來，清清涼涼；到了它日正當中，就好像手碰到熱水，這不就是近的熱，而遠的冷嗎？」

孔子無法判斷。兩個小孩笑道：「誰說你博學多聞呢？」

日中，就是日正當中，也就是中午的意思。譯文採用直譯，所以不嫌詞費，譯爲「日正當中」。這兩個小孩，辯論太陽在早晨或中午距離地面比較近，各有各的道理，連大學問家孔子都無法判斷誰是誰非。我們一方面要學習這兩個小孩追求眞理的懷疑精神，一方面也要學習孔子不妄下斷語的愼重態度。學問本來就沒有止境的，不是嗎？

有人把首句「東游」解作「到齊國遊歷」，本文把末句「孰爲汝多知乎」的「爲」，辯作「謂」，就是「說」的意思。你曉得爲什麼可以這樣解釋嗎？

列子學射

《列子》的〈說符篇〉，有以下一段文字：

列子學射，中矣，請於關尹子。尹子曰：「子知子之所以中者乎？」對曰：「弗知也。」關尹子曰：「未可。」退而習之三年，又以報關尹子。尹子曰：「子知子之所以中乎？」列子曰：「知之矣。」關尹子曰：「可矣，守而勿失也。非獨射也，爲國與身，亦皆如之。故聖人不察存亡，而察其所以然。」

這段文字可以直譯如下：

列子學習射箭，射中了，去向關尹子請益。關尹子說：「你知道你之所以射中的原因嗎？」答道：「不知道啊。」關尹子說：「那還不行。」

（列子）回去練習射了三年，又來報告關尹子。關尹子說：「你知道你之何以射中嗎？」列子說：「知道原因了。」

關尹子說：「行了，牢記著，不要忘記。不只是射箭，就是治國和修身，也都要像這個樣子。因此聖人不注意存亡成敗本身，而注意它們為什麼會那樣子。」

列子起先的射中目標，是偶然，是幸運，這是不足恃的；反覆練習了三年以後，列子的射中目標，是辛勤鍛練的結果，決非倖致。他一定懂得如何注目凝神才容易射中目標的道理。懂得了射中的道理，再來射箭，雖然不能說一定百發百中，但命中率一定是很高的，這絕對不成問題。

關尹子的最後一段話，把學射的道理，引申到治國修身等方面去，你覺得有沒有道理？爲什麼？

正旦放生

《列子》的〈說符篇〉，有這樣的一段文字：

邯鄲之民以正月之旦獻鳩於簡子。簡子大悅，厚賞之。客問其故。簡子曰：「正旦放生，示有恩也。」

客曰：「民知君之欲放之，故競而捕之，死者眾矣。君如欲生之，不若禁民勿捕。捕而放之，恩過不相補矣。」

簡子曰：「然。」

這段文字可以直譯如下：

邯鄲城裡的人民，在正月初一的早晨進獻斑鳩給趙簡子。趙簡子非常高興，重重地賞賜他們。門客問他什麼原因。趙簡子說：「元旦放生，表示有恩德呀。」

門客說：「人民知道你這樣想放走牠們，因此爭相去捕捉牠們，死掉的斑鳩一定很多了。你如果想要救活牠們，不如禁止人民，不要捕捉。捕捉了，再放走他們，恩德和過失是不能相抵的。」

趙簡子說：「對。」

放生，是釋放生物，這是佛教信徒常在特定節日舉行的慈善活動。趙簡子是晉國的執政大臣，邯鄲（在今河北省）城裡的老百姓知道他愛護動物，所以捉了斑鳩在元旦那天獻給他，讓他放生，博他歡心。趙簡子的門客所說的話，與其捉了放生，不如禁民勿捕，實在很有道理。而趙簡子能夠接受勸告，也令人敬佩。

在這段文字中，有兩個問題要請你想一想。第一、「不若禁民勿捕」這句話，譯成「不如禁止人民捕捉」，和譯成「不如禁止人民，不要捕捉」，語意上有沒有什麼不同？第二，你知不知道佛教什麼時候傳入中國的？趙簡子的時代，可不可能有放生之事？

讀古文想問題

2010年6月初版　定價：新臺幣220元

著　　著　吳　宏　一
發行人　林　載　爵

出　版　者　聯經出版事業股份有限公司
地　　　址　台北市忠孝東路四段561號4樓
編輯部地址　台北市忠孝東路四段561號4樓
叢書主編電話　(02)87876242轉212
台北忠孝門市：台北市忠孝東路四段561號1樓
電　　　話：(02)27683708
台北新生門市：台北市新生南路三段94號
電　　　話：(02)23620308
台中分公司：台中市健行路321號
暨門市電話：(04)22371234ext.5
高雄辦事處：高雄市成功一路363號2樓
電　　　話：(07)2211234ext.5
郵政劃撥帳戶第0100559-3號
郵撥電話：27683708
印　刷　者　世和印製企業有限公司
總　經　銷　聯合發行股份有限公司
發　行　所：台北縣新店市寶橋路235巷6弄6號2樓
電　　　話：(02)29178022

叢書主編　沙　淑　芬
校　　對　王　允　河
封面設計　蔡　婕　岑

行政院新聞局出版事業登記證局版臺業字第0130號

本書如有缺頁，破損，倒裝請寄回聯經忠孝門市更換。　ISBN 978-957-08-3632-5 (平裝)
聯經網址：www.linkingbooks.com.tw
電子信箱：linking@udngroup.com

國家圖書館出版品預行編目資料

讀古文想問題/吳宏一著．初版．
臺北市．聯經．2010年6月（民99年）．
176面．14.8×21公分

ISBN 978-957-08-3632-5（平裝）

835 99009797